WO DIE TOTEN KINDER LEBEN

Der erste Fall für Steinbach und Wagner

ROXANN HILL

2. Auflage, Oktober 2013

Umschlaggestaltung: Roxann Hill
Bildmaterial: www.fotolia.com / formiktopus

http://www.roxannhill.blogspot.com
http://www.facebook.com/Roxann.Hill.Autorin
http://www.twitter.com/roxann_hill

ISBN: 1482777878
ISBN-13: 978-1482777871

Printed by CreateSpace
Roxann Hill, Schenkstraße 122, 91052 Erlangen

INQUIRERE (lateinisch, Infinitiv):
aufsuchen, untersuchen, erforschen,
nachforschen, suchen.

PROLOG

Die junge Frau saß auf einer einsamen Lichtung. Es war ein herrlicher Sommertag, die warme Luft duftete nach frischem Gras. Bis auf das Summen von Bienen, die auf der Blumenwiese ihrer Arbeit nachgingen, und einem gelegentlichen Vogelruf aus dem angrenzenden Wald, herrschte absolute Ruhe.

Die junge Frau hatte langes Haar, ein hübsch geschnittenes Gesicht und blaue Augen. Ein Lächeln lag um ihre Lippen, als sie aufstand und sich reckte. Mit der linken Hand strich sie sich ihren weißen Kittel glatt, der ihr bis knapp unter das Knie reichte. Ihr Blick schweifte zufrieden über die Dinge, die sie mitgebracht hatte.

Alles war vorbereitet.

Sie hob ihre Rechte, in der sie eine Schere hielt, nahm eine ihrer Haarsträhnen und betrachtete sie gleichsam nachdenklich. Dann begann sie mit dem Schneiden. Ihre Schnitte fielen krumm und hastig aus. Die Schere machte ein trockenes metallenes Geräusch, als sie das Haar durchtrennte. In der Stille klang es endgültig.

Bald umgab die bloßen Füße der Frau ein Haufen brauner Locken. Das ihr verbliebene Haupthaar bestand jetzt aus unregelmäßig kurzen Zacken. Teilweise konnte man die Kopfhaut sehen.

Die Frau atmete tief durch und ging zu einem Stück Holz hinüber, das am Boden lag. Sie nahm es auf, schloss für einen Augenblick bedächtig die Lider, bevor sie den Gegenstand genauer betrachtete. Mehrere lange Nägel, rostig und alt, waren durch das Brett getrieben und ragten beinahe bösartig grinsend heraus.

Behutsam, um sich nicht zu verletzten, prüfte die Frau die gefeilten Spitzen mit ihrem Zeigefinger. Dann legte sie ihre linke Handfläche auf das Nagelbrett und presste beide Arme so fest sie konnte zusammen. Die Nägel bohrten sich tief in ihr Fleisch, drangen durch die Innenfläche hindurch, um blutverschmiert auf ihrem linken Handrücken wieder auszutreten.

Kein Laut kam von den Lippen der Frau.

Sie hob ihren Arm und blickte beinahe teilnahmslos auf die Wunden und das Blut, das aus ihnen tropfte. Längere Zeit verharrte sie in dieser Position, bevor sie das Brett langsam herauszog. Es gab ein saugendes Geräusch, als sich die Nägel von ihrem Fleisch lösten.

Auch jetzt blieb die Frau stumm.

Schräg gegenüber wuchsen zwei Birken eng nebeneinander. Nur ein kleiner Spalt hatte sich zwischen ihnen aufgetan. Die Frau richtete ihre Aufmerksamkeit auf die beiden Baumstämme. Sie schritt auf sie zu und blieb direkt vor ihnen stehen, den Kopf zur Seite geneigt. Dann steckte sie ihren unverletzten rechten Arm in die Öffnung, wartete eine Weile und vollführte schließlich einen heftigen Ruck. Es knackte hölzern, als ihr Arm brach.

Wieder gab die Frau keinen Laut von sich.

Stattdessen befreite sie ihren Arm vorsichtig aus der Nische. Mit klinischer Neugier studierte sie den Bruch. Die Wucht ihrer Bewegung hatte die Knochen splittern lassen, einzelne Teile stachen aus der Haut. Auch diese Wunde blutete.

Die Frau senkte ihren Arm. Jetzt kam der schwierige Teil.

Sie wandte sich einem Stapel Holz zu, den sie aufgeschichtet hatte. Zahlreiche große Scheite hatte sie zusammengetragen. Der Haufen war fast einen Meter hoch.

Mühsam kletterte sie hinauf, bemüht, ihr Gleichgewicht zu halten. Dennoch strauchelte sie zweimal und fiel auf ihre verletzten Arme, mit denen sie sich reflexartig abzustützen versuchte.

Aber auch diesmal blieb sie still.

Oben angelangt, setzte sie sich. Zufrieden seufzte sie auf.

Neben ihrem rechten Fuß lag ein automatisches Feuerzeug, wie man es zum Anzünden von Kaminen nutzt. Sie bewegte ihr Bein stückweise, bis sich ihr großer Zeh über dem Auslöser befand. Ihre Augen schweiften über die Lichtung, bis hin zu dem Benzinkanister, mit dessen Inhalt sie das Holz getränkt hatte. Er stand leer bei ihren anderen Sachen: bei der Kleidung, mit der sie gekommen war, ihren Schuhen und Ausweispapieren.

Sie schloss die Augen und konzentrierte sich. Dann presste sie den Knopf des Anzünders nach unten. Eine kleine Flamme erschien, und schlagartig, mit einem dunklen Wummern, entzündete sich das Benzin. Prasselnd schossen die Flammen empor. Sie verbrannten zuerst das weiße Sackleinen, in das sie sich gehüllt hatte, verschmorten den Rest ihrer Haare mit einem wütenden Knistern und Zischen, und griffen schließlich auf ihren gesamten Körper über.

Es dauerte lange, bis sie sich erlaubte, zu schreien.

Ihr Wehklagen hatte nichts Menschliches und erfüllte die vormals friedliche Lichtung mit Verderben und Tod.

1

Der Termin war für elf Uhr festgelegt.

Eine beflissene Sekretärin hatte angerufen und ihn mit mir ausgemacht. In den darauffolgenden Tagen hatte sie sich mehrmals erkundigt, ob das Treffen wirklich zustande käme – es schien ihrem Auftraggeber sehr wichtig zu sein. Jedes Mal hatte ich bestätigt.

Elf Uhr war eine gute Zeit. Ich stand früh auf, joggte meine fünf Kilometer und kam verschwitzt, aber zufrieden mit mir und der Welt, in meine Wohnung zurück. Dort duschte ich mich ausgiebig. Es gelang mir sogar, eine Kleinigkeit zu frühstücken.

Jetzt saß ich da und wartete.

Die letzte Nacht hatte ich ebenfalls ziemlich passabel überstanden - und das fast ohne Beruhigungsmittel. Die Albträume hatten zwar nichts von ihrer erschreckenden Intensität verloren, aber ich lernte zunehmend, mit ihnen umzugehen.

Von jetzt an würde ich es selbst schaffen.

Ich brauchte keine Ärzte mehr.

Ich stand von der Bettkante auf und überlegte mir, was ich anziehen sollte. Meinen Kleiderschrank konnte man als übersichtlich bezeichnen. Ich entschied mich zunächst für eine etwas bessere Jeans und ein einfaches T-Shirt. Kurzerhand warf ich noch einen grauen Blazer darüber, um nicht zu salopp zu wirken. Nachdem ich ein wenig Make-up aufgelegt und die Haare gekämmt hatte, sah ich sogar halbwegs annehmbar aus.

Der Wohnbereich meines Zweizimmerappartements diente mir gleichzeitig als eine Art Büro. Ein Schreibtisch, ein paar Stühle, zwei Sessel und eine Couch standen darin. An der Wand gegenüber dem großen Fenster befand sich ein Aktenschrank. Er war noch leer, aber er gab dem Raum ein professionelles Aussehen.

Ich schloss die Verbindungstür, die zum Schlafzimmer führte, und nahm in einem der Sessel Platz. Der Raum wirkte sauber und von der Straße drang kaum ein Geräusch hinein.

Ich wartete.

Als es klingelte, erhob ich mich, ging zur Eingangstür und öffnete.

Ein junger Mann in einem dunklen Anzug stand vor mir. Sein Haar war kurz geschnitten. Er hatte eine attraktive Figur und seine Augen schimmerten hell – graublau, um genau zu sein. Er war vielleicht zwei, maximal drei Jahre jünger als ich. Ich schätzte ihn auf ungefähr achtundzwanzig Jahre.

Was so gar nicht zu seiner Erscheinung passen wollte, war der weiße Kragen. Es war kein gewöhnlicher Kragen. Es war der Kragen eines Priesters.

„Frau Anne Steinbach?“, fragte er.

Ich nickte.

„Mein Name ist Paul Wagner. Ich komme vom Dekanat. Das Dekanat hat doch bei Ihnen angerufen?“

„Ja. Sie sind meine Verabredung für elf“, bestätigte ich, um gleich darauf anzufügen: „Sie müssen wissen, ich bin Atheistin.“

Mein Gegenüber runzelte die Stirn. „Darum geht es hier nicht. Das ist irrelevant. Aber wenn es Ihnen wichtig ist…“

„Ich wollte das nur von vornherein klarstellen“, unterbrach ich ihn und bat ihn mit einer Geste, einzutreten.

Kaum dass wir im Wohn- bzw. Arbeitszimmer standen, sagte der Priester: „Gut, dann können wir also anfangen.“ Er bedachte mich dabei mit einem geradezu kalten distanzierten Blick.

Ich ärgerte mich über mich selbst, weil mir das Blut in den Kopf schoss. Was bildete sich dieser junge Schnösel ein? Glaubte er, mich mit seiner Priestermasche beeindrucken zu können? Die Wohnung gehörte immer noch mir. Hier hatte ich das Sagen.

Ich setzte mich in einen Sessel und schlug betont lässig die Beine übereinander, bevor ich ihn mit einem leichten Nicken des Kopfes aufforderte, ebenfalls Platz zu nehmen. Prüfend blickte ich ihn an, bis er zur Seite sah. Runde zwei ging an mich.

Wagner räusperte sich. „Wir sind uns noch nicht sicher, ob wir Sie für den Auftrag wollen...“

„Ich bin mir auch nicht sicher, ob *ich* den Auftrag will“, unterbrach ich ihn. „Genau deshalb sind wir hier zusammengekommen. Um was handelt es sich?“

Wagner griff in seine Jackentasche und zog ein Briefkuvert hervor. Er legte es zwischen uns auf den

Couchtisch und tippte mit dem Zeigefinger dagegen.

„Was soll das?“, fragte ich.

„Das sind Bilder. Bevor wir uns unterhalten, sollten Sie sich die zunächst einmal anschauen.“

Ich nahm den Umschlag und öffnete ihn. Farbfotos kamen zum Vorschein. Eine Waldlichtung im Sommer, bunte Wiesenblumen, grünes Gras. Eine Leiche, offensichtlich weiblich. Schwarze, bösartig verkrustete Brandspuren, aufgeplatzte Haut, dunkelrotes Fleisch am ganzen Körper, das Gesicht schmerzverzerrt. Dort, wo sich die Augen einmal befunden hatten, schwarze Höhlen. Das, was vom Mund übrig geblieben war, grotesk weit aufgerissen, die Zähne rußgeschwärzt.

„Und, haben Sie so etwas schon einmal gesehen?“, fragte der Priester, während er mich aufmerksam und mit einer Spur von Besorgnis musterte.

Ich zuckte andeutungsweise mit den Schultern. Ich war schon weitaus Schlimmerem begegnet. Dingen, die er sich vermutlich nicht einmal vorstellen konnte. Laut sagte ich: „Das ist nichts Außergewöhnliches. Menschen tun Menschen furchtbare Sachen an.“

Wagner biss sich auf die Unterlippe „Genau das ist der Punkt. Das, was Sie sehen, hat dem Opfer niemand angetan.“

„Wie soll ich das verstehen?“

„Das hier ist ein Selbstmord.“

„Ein Selbstmord? Sie wollen mich auf den Arm nehmen!“

„Keineswegs.“ Der Priester schüttelte seinen Kopf. „Der Suizid ist vor rund zehn Wochen geschehen. Die Verstorbene hat das alles akribisch genau geplant und vorbereitet. Sie hat ihr Heim verlassen, ist auf diese Wiese gegangen - ganz allein und weit weg von allen, die ihr hätten helfen können. Sie hat einen Stapel Holz aufgeschichtet und ihn mit Benzin übergossen. Dann hat sie sich die Haare abgeschnitten, sich rostige Nägel durch die Hand getrieben und den rechten Arm gebrochen. Und zum Schluss…, zum Schluss ist sie auf den Scheiterhaufen geklettert, hat Platz genommen und sich angezündet."

„Wow", sagte ich. „Die war aber gründlich." Innerlich erschauerte ich, als ich darüber nachdachte, was einen Menschen wohl dazu bringen konnte, sich auf diese ungeheuerliche Art und Weise das Leben zu nehmen.

„Haben Sie ein Motiv gefunden? Hat sie einen Abschiedsbrief hinterlassen? " fragte ich nach einer Weile.

Wagner warf mir einen Blick zu, der mir deutlich zeigte, dass er noch immer zweifelte, ob ich die Richtige für die Ermittlungen war. „Nein. Nichts." Seine langen Finger trommelten erneut – diesmal auf dem Couchtisch selbst. „Und deshalb bin ich hier. Meine Auftraggeber", er stockte, „…meine Auftraggeber möchten herausfinden, was sich hinter dieser Tat verbirgt."

„Aber es steht doch eindeutig fest, dass es sich um Suizid handelt?" Langsam wurde ich ungeduldig, doch Wagner schien meinen Gemütszustand nicht zu bemerken.

„Das steht zweifelsohne fest. Aber gerade deshalb sollen wir der Sache nachgehen. Wir sollen herausfinden, wer oder was Cornelia zu dieser Tat getrieben hat."

„Sie hieß Cornelia?"

„Ja. Cornelia Heinze. Und", wieder stockte er, „…wir haben großes Interesse daran, das aufzuklären." Er schwieg.

Mir blieb nichts weiter übrig, als erneut nachzufragen. „Warum ausgerechnet ich? Wie sind Sie darauf gekommen, dass gerade ich Sie unterstützen könnte?"

„Wir haben recherchiert. Wir haben Nachforschungen angestellt, wer in solchen Fällen bereits gewisse Erfahrungen hat."

Eine Erinnerung durchzuckte mich wie ein elektrischer Schlag. Bilder tauchten vor meinem inneren Auge auf, rot durchtränkt und verwaschen - Fetzen einer bösartigen Vision, unter der man jahrelang leidet und die man nicht mehr loswerden kann.

„So, ich habe Erfahrungen?", erwiderte ich und es gelang mir nicht ganz, den bitteren Unterton aus meiner Stimme zu nehmen.

„Jedenfalls sagt man das." Wagner ergriff den Briefumschlag, der wieder auf dem Couchtisch lag, in der Absicht, ihn einzustecken. Mitten in der Bewegung hielt er inne und sah mich an. Sein Ausdruck war offen – das erste Mal während unseres Gesprächs – und besorgt. „Meinen Sie, dass Sie wirklich in der Lage sind… - wie soll ich sagen – zu arbeiten?"

Ich lehnte mich zurück und verschränkte die Arme vor der Brust. „Wie bitte?"

„Nun, ich möchte Ihnen nicht zu nahe treten, aber Sie sehen nicht gut aus. …Nicht, dass Sie mich falsch verstehen, ich meine das jetzt nicht im Sinne von attraktiv, …aber Sie wirken auf mich …irgendwie …*krank*." Aus seiner Miene sprach noch immer Besorgnis, in die sich jetzt wieder dieser Zweifel mischte.

„Ich dachte immer", bemerkte ich mit einem Lächeln, „Priester achten nicht auf Äußerlichkeiten".

„Wir achten schon darauf, sie bestimmen nur nicht unser Handeln, wie vielleicht bei anderen Personen."

Jetzt wurde ich wütend. „Ach so, sie bestimmen nicht Ihr Handeln, aber trotzdem kommen Sie in mein Büro und haben die Unverfrorenheit, mir zu sagen, dass ich nicht in der Lage bin, meine Arbeit korrekt auszuführen?"

„Das ist nichts Persönliches. Es ist nur…, der Fall liegt uns am Herzen." Wagner machte eine beschwichtigende Geste mit der Hand, doch damit erreichte er genau das Gegenteil dessen, was er erreichen wollte. Ich brauchte kein Mitgefühl.

„Der Fall liegt Ihnen am Herzen?", brauste ich auf. „Was war diese Cornelia für Sie? Hatten Sie vielleicht eine andere Beziehung mit ihr, als es Ihnen Ihr Amt eigentlich erlaubt hätte?"

Diesmal war Wagner an der Reihe, zu erröten. Das Blut schoss im schlagartig ins Gesicht und für einen kurzen Moment hatte ich die Genugtuung, ihn aus der Reserve gelockt zu haben.

„So ist das nicht gewesen", setzte er hitzig entgegen. „Das Interesse an dem Fall ist rein beruflicher Natur. …Aber ich fürchte, sie haben Vorbehalte gegen mich. Und wir können nur dann erfolgreich sein, wenn Sie mit mir zusammenarbeiten. Wenn Sie also ein Problem damit haben, weil ich Priester bin, dann sagen Sie das jetzt gleich. Und dann werden wir uns jemand anderen suchen, der diesen Auftrag übernimmt."

Ich stand auf, ging zu meinem Schreibtisch, legte meine Hände darauf und sah ihn über die Platte hinweg direkt an. „Ich bin im Moment vielleicht nicht so fit, wie früher, aber fit genug und vollkommen in der Lage, den Auftrag auszuführen. Ich bin eine verdammt gute Ermittlerin. Ich habe eine schwere persönliche Zeit hinter mir. Und ich bin und bleibe überzeugte Atheistin. Diesen ganzen Hokuspokus mit Ihrem Jenseitsglauben und Ihrem gütigen Gott können Sie bei mir getrost vergessen.“ Ich machte eine Pause. Meine nächsten Worte sprach ich ruhig und bedächtig: „…*Aber* ich habe keinerlei Probleme, weil Sie ein Mann der Kirche sind. Jetzt sind Sie an der Reihe, zu entscheiden, ob Sie mit mir zusammenarbeiten wollen und können. …Also was ist?“

Wagner erhob sich ebenfalls. Er blieb zunächst stumm. In seinen Händen knisterte das Papier des Umschlags. Seine Finger verbogen das Kuvert, ohne dass er es bemerkte. Dann antwortete er doch. „Wir haben eine Übereinkunft. Ich werde mit Cornelias Familie einen Termin vereinbaren. Möglichst schon morgen. …Ich denke, wir werden als Erstes mit den Eltern sprechen. Vielleicht hilft uns das schon etwas weiter.“

Ich ließ Zeit verstreichen, bevor ich zustimmend nickte. „Rufen Sie mich an, wenn Sie soweit sind.“

Wagner drehte sich wortlos um und ging zum Ausgang. Die Wohnungstür fiel hinter ihm ins Schloss und ich hörte noch für eine Weile seine Schritte auf der Treppe.

In meiner Wohnung wurde es wieder still.

Allein blieb ich zurück.

2

Mein Golf hatte schon bessere Zeiten gesehen, aber er trug seine Rostflecke mit Würde. Und dass sich die Beifahrertür nicht mehr zusperren ließ, war für mich ohne Belang.

Wir zuckelten über die Landstraße. Die Blätter an den Bäumen links und rechts des Weges schillerten in Rot- und Gelbtönen. Der Herbst hatte den Sommer abgelöst.

Ich hatte Wagner vor knapp einer Stunde abgeholt. Er hatte vor seiner Wohnung auf der Straße gestanden und auf mich gewartet. Wagner trug heute erneut einen dieser dunklen Anzüge, darüber hatte er einen hellen Trenchcoat gezogen. Auch der obligatorische Kragen fehlte nicht.

Ich versuchte, ihn mir mit Jeans und Pulli vorzustellen, während ich aus den Augenwinkeln heraus beobachtete, wie er es sich in seinem Sitz neben mir bequem machte. Er wirkte völlig entspannt, blickte oft durch das Seitenfenster und schien die Landschaft zu genießen. Mir war es ganz recht, dass er sich mehr um sich selbst kümmerte. Das erlaubte mir, meinen Gedanken nachzuhängen, ohne unnütze Konversation betreiben zu müssen.

Ich genoss die Fahrt und das monotone Geräusch des Motors.

Die Familie des Opfers wohnte in einem circa fünfzig Kilometer entfernten Vorort. Wir fuhren zunächst über die Autobahn, bevor wir auf eine Landstraße abbogen, die sich zwischen dicht bewaldeten Hügeln dahinschlängelte. Bald konnte ich die ersten Gebäude der kleinen Ortschaft erkennen. Schmucke Neubauten mit sauberen Gärten erwarteten uns - die Straßen frisch geteert, die Bürgersteige vor Kurzem geplattet. Hier hatte man Geld und man schämte sich nicht, es auch zu zeigen. Die Häuser waren keine fünf Jahre alt, mit den besten Materialien errichtet. Die Garagenzufahrten boten Platz für zwei Fahrzeuge. Mitunter stand ein neuer Van oder ein SUV in der Auffahrt.

Mein Navigationsgerät plapperte munter vor sich hin und führte mich um einige Ecken und Kurven zu einer kleinen Sackgasse, vor der das Schild einer Spielstraße prangte. Bei einem dunkelrot gestrichenen Einfamilienhaus blieben wir stehen. Das Navi plärrte: *Sie haben Ihr Ziel erreicht.*

Ich stellte den Motor ab. „Was jetzt?“, fragte ich.

„Sie warten auf uns“, antwortete Wagner. „Ich habe gestern angerufen. Sie wissen, dass wir kommen.“

Ich stieg aus und atmete ein. Die Luft schien hier reiner als in der Großstadt. Kein Geräusch von Fahrzeugen.

Wagner kam um den Golf herum und blieb neben

mir stehen. Er atmete ebenfalls tief durch, jedoch wurde deutlich, dass er es aus anderen Gründen tat, als ich.

„Jetzt stellen Sie sich nicht so an“, sagte ich. „Sie haben doch gestern schon mit den Eltern gesprochen. Wenn ich das richtig verstehe, sind die daran interessiert, dass wir uns um den Tod ihrer Tochter kümmern.“

„Ja“, antwortete Wagner, doch er klang für mich nicht hundertprozentig überzeugend. „Es fällt mir nur nicht leicht, Herrn und Frau Heinze jetzt gegenüberzutreten.“

Wagner ging mir voran. Er öffnete das kleine Gartentor und hielt vor der ziemlich imposanten Eingangstüre an. Er betätigte die Klingel. Ich hörte, wie im Inneren des Hauses ein Gong zweimal melodisch ertönte.

Es dauerte nicht lange und uns wurde geöffnet. Eine Frau so um die fünfzig, sehr gepflegt, stand vor uns. Sie wirkte verhärmt. Ihre Augen waren gerötet und geschwollen. Allem Anschein nach hatte sie geweint.

Sie begrüßte Wagner höflich, nahm kaum Notiz von mir, und ging vor uns in ihr Wohnzimmer. Dort wartete ein älterer Mann. Er war grauhaarig, schlank und sein Gesicht wies harte tiefe Furchen auf. Seine Augen schienen sehr schlecht zu sein. Sie waren hinter einer Brille mit dicken Gläsern verborgen. Auch er wirkte angespannt und niedergeschlagen. Die Atmosphäre im Haus war trist und roch nach Trauer.

Der Mann stand nicht auf. Er wies nur auf ein Sofa in der Wohnecke. Wagner und ich nahmen darauf Platz. Die Frau setzte sich auf einen Sessel neben ihrem Mann. Sie verschränkte die Arme vor der Brust. Der Mann stützte sein Gesicht auf die Hände, hob seine Brille an, fuhr sich über die Augen und hüstelte.

„Darf ich Ihnen Frau Steinbach vorstellen?“, ergriff Wagner das Wort und wandte sich anschließend mir zu. „Herr und Frau Heinze sind die Eltern von Cornelia. Ich meine…“, Wagner spürte dass er einen Fehler begangen hatte und fügte hinzu: „…waren…“ Er biss sich auf die Lippen und brach ab.

Herr Heinze rückte sich die Brille zurecht, hüstelte erneut und meinte: „Ich sehe den Sinn dieser Sache nicht ein. Wir haben doch bereits ausführlich mit der Polizei gesprochen. Warum müssen wir das alles noch einmal aufrühren? Warum können wir das Ganze nicht auf sich beruhen lassen?“

Während der Worte ihres Mannes hatte sich Frau Heinze kaum bewegt. Jetzt blickte sie zu Boden, ihr blasses Gesicht wirkte noch verhärmter als vorhin.

Wagner hob beschwichtigend die Hand. Seine Miene sagte mir, dass zumindest für ihn, beziehungsweise für seine Auftraggeber eine genaue Nachforschung tatsächlich sehr wichtig zu sein schien. “Wir wollen wirklich alles auf der Welt, nur nicht, Sie in Ihrem Leid noch weiter zu stören. Aber…“

Herr Heinze unterbrach ihn. „Es gibt immer ein *aber*. In diesem Fall ist das jedoch sinnlos. Cornelia hat sich aus irgendeinem Grund entschieden, aus dem Leben zu scheiden. Was könnte noch geschehen? Nichts kann uns diesen Verlust wettmachen. Nichts kann uns unser Leid noch erleichtern. Nichts! Hören Sie? Gar nichts!“

Nach seinen Worten setzte Stille ein. Fast glaubte ich, das Prasseln von Flammen zu hören, wie sie sich durch einen Haufen Holz fraßen.

Um mich von dieser Vorstellung abzulenken, ließ ich meine Augen durch das Zimmer wandern. Die Einrichtung war konventionell und vielleicht ein wenig altmodisch, aber unter normalen Umständen hätte ich mich hier wohlgefühlt. Das lag nicht zuletzt an dem großen nach Süden ausgerichteten Blumenfenster, an dem eher unordentlichen übervollen Bücherregal und an der Vielzahl der unterschiedlich eingerahmten Familienbilder, die sich auf einem Beistelltisch links neben meinem Sofa befanden. Es waren sogar Klassenfotos darunter – nicht nur Cornelias, sondern auch aus der Schulzeit ihrer Eltern.

Ich sah zurück zu Herrn und Frau Heinze. Sie schwiegen noch immer und Herr Heinze bedachte Wagner inzwischen mit einem ablehnenden Blick in dem ohnmächtiger Zorn mitschwang.

Räuspernd unterbrach ich die Stille und kam Wagner zur Hilfe. „Herr Heinze, ich weiß, was wir Ihnen mit unserem Besuch antun. Dennoch wäre es für Sie vielleicht wichtig, wenn Sie genau verstehen würden, was Ihre Tochter zu dieser Tat trieb."

„Da gibt es nichts zu verstehen." Seine Frau hatte sich eingeschaltet. „Haben Sie die Bilder gesehen? Haben Sie ihr die Bilder gezeigt?" Sie wandte sich Wagner zu. „Sie haben ihr die Fotos doch gezeigt, nicht wahr? Das, was dort geschehen ist, ist mit menschlicher Logik nicht nachvollziehbar. Cornelia war ein fröhliches Kind. Wir haben ihr alles gegeben, was sie wollte. Sie war glücklich, sie war zufrieden..." Frau Heinze stockte und rang sichtlich mit ihrer Fassung. Wesentlich leiser fuhr sie fort. „Dann, im letzten halben Jahr, hat sie sich verändert. Sie zog sich zurück. Und wenn man sie darauf ansprach, konnte sie nicht antworten. Sie *wollte* nicht antworten. …Na gut, wir haben beide gedacht, lassen wir ihr Zeit. Es ist eine Phase, die sie durchmacht. Sie wird wieder zu dem Menschen werden, den wir fast zwei Jahrzehnte kannten. Sie wird Vertrauen zu uns finden und wird uns von ihren Problemen und Schwierigkeiten erzählen. Verstehen Sie? Wir ließen ihr einfach Zeit. Vielleicht war das ein Fehler.“ Frau Heinze senkte ihren Kopf, bedeckte ihr Gesicht mit den Händen und schluchzte trocken und unterdrückt auf.

Ihr Mann warf ihr einen kurzen Blick zu, das Gesicht voller Schmerz, und legte ihr seine Hand an die Schulter. Die nächsten Worte richtete er an Wagner. Sie glichen mehr einer Anklage: „Warum schleppen Sie uns überhaupt diese Frau hier an?“ - er wies auf mich - „ Zu Ihnen haben wir ja Vertrauen, Herr Wagner. Aber was wissen wir von dieser Person hier!“

Und an meine Adresse: „…Nichts gegen Sie, aber Sie müssen das verstehen. Sie sind ein wildfremder Mensch für uns. Wieso sollten wir Ihnen unsere Sorgen und Nöte offenbaren? Noch dazu, wo alles ohnehin vollkommen sinnlos ist. Unsere Cornelia lebt nicht mehr. Wir haben sie verloren. Für immer!“

Wagner rutschte unruhig auf dem Sofa neben mir herum und beugte sich schließlich nach vorne. „Frau Steinbach unterstützt mich bei meinen Untersuchungen. Sie hat in solchen Fällen sehr viel Erfahrung.“

„Was für Untersuchungen?“, brauste Herr Heinze auf.

„Herr Heinze“, Wagners Stimme hatte ihre Unsicherheit verloren. „Nicht nur Sie haben einen unsäglichen Verlust erlitten, sondern auch die Kirchengemeinde, von der Cornelia ein wichtiger Teil war. Die Diözese will einfach begreifen, was passiert ist. Wir wollen es verstehen, und dann, vielleicht, irgendwann, können wir mit der Sache abschließen - auch wenn uns die Trauer und das Leid nie verlassen werden."

Herrn Heinzes Gesicht war rot angelaufen, während Wagner gesprochen hatte. Jetzt wurde es aschfahl, nur einige dunkle Flecke blieben zurück. Er kämpfte mühsam mit seiner Fassung. „In Ordnung, aber ich kann nicht sagen, wie lange ich das noch aushalten werde. Diese Befragungen, diese Unterstellungen. Wir haben das so satt!"

Ich versuchte eine Art Lächeln, aber ich weiß nicht, ob es mir richtig gelang. „Sie haben vorhin gemeint", und ich sprach dabei direkt Frau Heinze an, „dass sich Ihre Tochter in den letzten Monaten verändert hat. Sie sagten, sie sei abwesend gewesen, verschlossen?"

„Ja", bestätigte Frau Heinze leise. „Es kam ganz unvermittelt. Sie zog sich immer mehr zurück. Früher hatten wir stundenlang miteinander geredet. Nächtelang Probleme besprochen, Urlaube geplant, Geschenke..." - Frau Heinze brach ab. „Sie müssen wissen, wir waren eine sehr glückliche Familie."

„Das bezweifle ich nicht", beeilte ich mich, ihr zu versichern. „Wie haben Sie sich das erklärt, die Veränderung bei Ihrer Tochter?

„Ich dachte, es wäre ein Zeichen, dass sie sich abnabelt, dass sie auf eigenen Beinen stehen will." Frau Heinze strich sich geistesabwesend über die Stirn. „Wir dachten, vielleicht sei sie verliebt. Wir dachten, vielleicht gäbe es da ein Problem. Sie wissen doch, wie diese Kinder heutzutage sind."

„Nein", sagte ich, „das weiß ich nicht. Können Sie mir das näher erklären?"

„Na man hört doch überall", mischte sich Herr Heinze ein, „dass die erste feste Beziehung, …dass das junge Menschen vollkommen verändert."

„Cornelia hatte also einen Freund?"

„Ja, das vermuten wir", antwortete Herr Heinze.

„Wieso vermuten? Haben Sie ihn nie gesehen? Hat sie Ihnen den Freund denn nicht vorgestellt?"

„Nein." Diesmal antwortete Frau Heinze. „Sie begann aber, abends wegzugehen. Sie machte nur vage Angaben, wohin. Und wir wollten auch nicht nachfragen."

Herr Heinze ergriff erneut das Wort. „Wir wollten ihr zeigen, dass wir ihr vertrauen. Wenn sie uns nicht sagen wollte, wohin sie ging, dann hatte sie ihre Gründe. Wir respektierten das. Und wenn sie soweit gewesen wäre, mit uns zu reden, dann hätte sie sich uns anvertraut. Darauf haben wir gewartet. Das hielten wir für das Beste."

„Sonst ist Ihnen nichts aufgefallen an ihr? Trug sie andere Kleidung? Bekam Sie Anrufe?"

Frau Heinze sah mich an – ratlos und verzweifelt. „Nein. Nur von ihren Freundinnen… Aber auch zu denen verlor sie in den letzten Monaten immer mehr Kontakt. Sie zog sich einfach zurück."

„Es wäre mir wichtig, eine Adressliste von Cornelias Freundinnen zu erhalten", bat ich und Frau Heinze nickte.

„Cornelia ging abends weg", setzte ich nochmals nach. „Gab es da besondere Tage?"

„Ja", sagte Frau Heinze. „Donnerstags und freitags. Sonst blieb sie immer hier, nicht wahr,

Robert?"

„Das stimmt. Donnerstag und Freitag. Aber wohin sie ging…", Herr Heinze machte eine vage Bewegung mit seinen Schultern.

„Sie haben keine Ahnung, was sie da machte? Wen sie besuchte? Wen sie sah?"

Herr Heinze schüttelte den Kopf. „Wir haben ihr nicht nachspioniert."

„An dem Tag, an dem sie… „ ich räusperte mich, „ich meine, an dem sie starb, …gab es da etwas Besonderes?"

„Es war ein Samstag. Wir sind in die Stadt zum Einkaufen gefahren. Wie jeden Samstag. Es war ein schöner Tag. Als wir zurückkamen, wartete schon die Polizei vor unserem Haus..." Die Stimme von Herrn Heinze versagte.

Ich erhob mich. „Ich denke, ich habe keine weiteren Fragen mehr." Ich zögerte und überlegte: „ Oder doch: …Dürfte ich einmal Cornelias Zimmer sehen?"

„Dort gibt es nichts zu finden. Dort *können* Sie nichts finden", sagte Herr Heinze mit aufgebrachter Stimme. „ Die Polizei war schon hier. Sie hat alles durchsucht. Alles durchwühlt. Aber nichts, nicht der kleinste Hinweis auf ein Motiv."

„Es geht mir jetzt auch nicht darum, etwas zu finden, Herr Heinze", beschwichtigte ich. „Ich möchte lediglich einen Eindruck gewinnen, was für ein Mensch Ihre Tochter war."

„Ich kann dort nicht mehr hinein", flüsterte Herr Heinze.

„Ich…, ich begleite Sie" Frau Heinze erhob sich schwer, ging an uns vorbei und führte uns über eine breite Treppe in den ersten Stock. Dort mündeten sechs Türen in einem großzügigen Vorplatz.

„Da ist das Zimmer unserer Tochter.“ Frau Heinze deutete nach links.

„Und die anderen Türen?“, fragte ich.

„Die führen zu unserem Schlafzimmer, zu dem Gäste- bzw. Arbeitszimmer und zu unserem und Cornelias Bad“, antwortete Frau Heinze.

Ich öffnete das, was einmal Cornelias Reich gewesen war. Ein geräumiger, lichtdurchfluteter Raum erwartete mich. In einem Regal standen zahlreiche Bücher. Die Möbel waren aus naturbelassener Pinie gefertigt. Der Boden bestand aus gehobelten hellen Holzdielen. Alles wirkte sehr sauber.

Über eine Tür auf der linken Seite erreichte ich das angrenzende Bad. Auch hier war alles absolut rein, fast schon steril. Ich öffnete den verspiegelten Badschrank. Makellos aufgeräumt präsentierte er mir Bürste, Kamm, Haargummis, Schminkutensilien aus Naturstoffen, Zahnseide und einige braune Medikamentenfläschchen.

Ich holte eines der Fläschchen heraus und betrachtete es gegen das Licht. Kleine Kügelchen waren darin zu erkennen.

„Das sind Globuli“, meinte Frau Heinze leise. „Homöopathische Mittel. Cornelia nimmt sie gegen ihr Asthma. Ich meine... sie nahm …“ Frau Heinze brach ab, griff sich mit ihrer Hand an den Mund und schluchzte auf. Abrupt drehte sie sich um, öffnete die zweite Tür des Badezimmers, die in den Flur führte, und wir hörten, wie sie die Treppe ins Erdgeschoss hinunterrannte.

3

Wir hatten die kleine Ortschaft hinter uns gelassen, waren über die Landstraße gefahren und befanden uns auf der Autobahn. Keiner von uns sprach ein Wort. Die Erinnerung an das soeben Erlebte wirkte noch nach.

Nichts ergab einen rechten Sinn. Eine junge Frau, die überhaupt keine Probleme machte, die mit den Eltern gut auskam – und plötzlich zog sie sich von allem zurück, fing an, sich zu verändern. Die Eltern hatten keine Ahnung, was dahintersteckte – das erschien mir wenig plausibel.

Ich wollte gerade mit Wagner darüber sprechen, als ein Handy klingelte. Ich hatte nicht erwartet, dass Wagner ein Mobiltelefon besaß. Aber tatsächlich zog er jetzt ein ultramodernes Smartphone aus einer seiner Jackentaschen und meldete sich. Er sprach nicht viel. Im Gegenteil, er sagte nur immer *ja* und *hm* und unterbrach den Anrufer zu keinem Zeitpunkt.

Nachdem er eine geraume Zeit auf diese Weise ins

Handy gelauscht hatte, meldete er sich dann doch zu Wort. Er sagte „Ich glaube, wir kommen. …Frau Steinbach kommt mit. Das wird sie auch interessieren.“ Er drückte das Gespräch weg, behielt sein Smartphone aber in der Hand.

„Was ist los?“, fragte ich.

„Es hat einen weiteren… *Vorfall* gegeben“, antwortete er.

„Noch ein *Vorfall*? Wollen Sie damit ausdrücken, noch jemand hat sich auf einen Holzstoß gesetzt und sich selbst angezündet?“

„Nicht direkt, aber etwas Ähnliches.“

„Wieder ein Selbstmord?“

Er nickte. „Es sieht ganz danach aus.“

„Wer hat Sie da gerade angerufen?“

„Das Dekanat. Es handelt sich um ein weiteres Mitglied aus unserer Diözese.“

„Oh!“, meinte ich. „Das ist aber ein ungesundes Klima, in dem Sie da leben.“

Wagner setzte zu einer Erwiderung an, holte stattdessen tief Luft und sagte nichts. Mittlerweile ärgerte mich das unheimlich, dieses *Seine-Antwort-Verschlucken.* Mir wäre es lieber gewesen, er hätte seine Gedanken offener dargelegt. So musste ich ihm alles einzeln aus der Nase ziehen und hatte dabei ständig das Gefühl, dass er mir mehr verschwieg, als er sagte. Als ob er mir nicht vertraute und deshalb nicht mitteilen wollte, was ihn wirklich bewegte.

Er nannte eine Adresse, ich gab sie in das Navi ein und wir änderten unseren Kurs. Wieder ging es ab von der Autobahn, wieder folgte Wald und dann erstreckten sich kleine, ordentlich bebaute Felder vor uns. Hügel ragten rechts und links auf. Graue Felsen wurden darauf sichtbar.

Nach ungefähr einer Viertelstunde passierten wir ein Dorf, verließen es und fuhren an den Ausläufern eines aufgelassenen Steinbruchs vorbei. Er hatte sich im Laufe der Zeit mit Grundwasser gefüllt und wurde in den Sommermonaten gerne als FKK-Badesee genutzt, weil er von der Straße nahezu uneinsehbar war.

Als wir um eine Kurve bogen, sahen wir Polizeiautos und zwei Krankenwagen. Beamte in Uniform und Zivil befanden sich auf dem Gelände und auch einige Sanitäter hatten sich daruntergemischt. Die Letzteren schienen mehr oder weniger gelangweilt zu sein. Ich wusste, was das bedeutete. Niemand benötigte ihre Hilfe. Das Opfer war tot.

Ich parkte den Wagen und wir stiegen aus. Ein älterer grauhaariger Mann, schwarzgekleidet, löste sich aus einer der Gruppen und kam auf uns zu. Ich merkte, wie sich Wagners Körper unwillkürlich straffte. Er nahm seine Schultern etwas zurück und für einen Augenblick atmete er hastiger, als gewöhnlich. Ganz klar – bei dem älteren Mann handelte es sich um einen Vorgesetzten.

Wagner wartete, bis uns der Grauhaarige fast erreicht hatte. Dann streckte er ihm die Hand entgegen. Der Grauhaarige nahm sie, um sie zu schütteln. Jetzt fiel mir auf, dass der ältere Mann auch einen weißen Kragen hatte. Schon wieder so ein Kleriker.

„Frau Steinbach, darf ich Ihnen Prälat Ott vorstellen?“, sagte Wagner.

Der Handschlag des Prälaten war fest und bestimmt. Das überraschte mich – er war ein eher schmächtig gebauter Mann.

„Schön, dass Sie kommen konnten, Frau

Steinbach“, sagte Ott.

„Das Dekanat hat mich angerufen und wir sind sofort hierher gefahren, Eure Eminenz“, antwortete Wagner für mich.

„Sie kommen vom Ehepaar Heinze?“, fragte Ott.

„Ja“, diesmal gab ich Antwort.

„Und hier“, erkundigte sich Wagner, „was ist hier passiert?“

Ott verzog sein Gesicht zu einer nachdenklichen Miene. „Das ist schwer zu erklären, aber vielleicht können Sie sich selbst ein Bild machen.“

„Was ist mit der Polizei? Hat die nichts dagegen, wenn wir uns hier umsehen?“, warf Wagner ein, während er seine Umgebung angestrengt beobachtete.

Ott schüttelte den Kopf. „Ich habe bereits mit den Beamten gesprochen und Sie angekündigt. Sie dürfen.“

Wir folgten ihm zu einem der Krankenwagen. Davor stand eine Bahre und darauf lag ein zugedeckter Körper. Ich schlug das Laken zurück. Die Leiche war bis auf einen um die Hüften gewickelten hellen Stoff unbekleidet. Ihrem Aussehen nach zu urteilen, musste sie schon länger im Wasser gelegen haben. Sie war stark aufgedunsen und die fleckig verfärbte Haut hatte an mehreren Stellen angefangen, sich mitsamt dem Gewebe abzulösen. Ein übler Geruch schlug uns entgegen.

„Das hier ist…“, Ott unterbrach sich, drehte sich ab und unterdrückte ein Würgen, bevor er fortfuhr „das hier war Bernhard Schwarz, dreiundzwanzig Jahre alt, aktives Mitglied unserer Diözese.“

„Todesursache?“, fragte ich.

„Ertrunken.“ Ott zögerte wieder.

„Wie ist das passiert?“

„Das ist eben noch nicht so ganz eindeutig." Ott räusperte sich.

Einer der Polizisten kam. Er schleppte ein halbes Dutzend Ziegelsteine, zusammengebunden mit einem Paketband.

„Wir haben die hier gefunden, Hochwürden", sagte er zu Ott. „Wie wir das sehen, hat sich der Verstorbene mehrere solcher Gewichte aus Steinen gebaut, hat sie mit einem Seil an seinem Körper befestigt und ist damit ins Wasser gegangen."

„Er hat sich vorsätzlich ertränkt", konkretisierte ich.

„Ja, das hat er", bestätigte der Beamte.

Ich wandte mich der Leiche zu. Der Tote musste ein gutaussehender Mann gewesen sein, bevor ihn das Wasser verändert hatte. Ich ließ mir von dem Polizeibeamten Gummihandschuhe geben, zog sie über und hob behutsam den linken Arm der Leiche an. Ich musste nicht lange suchen. In der Handinnenfläche und auf dem Handrücken waren runde Löcher erkennbar. Auch er hatte sich Nägel ins Fleisch getrieben.

„Ist sein rechter Arm gebrochen?", fragte ich.

Ott nickte. „Aber es ist keine frische Verletzung. Der Arzt meinte, der Bruch sei sicherlich einige Tage vor seinem Ertrinken entstanden. Bernhard habe ihn allerdings nicht behandeln lassen."

Ich betrachtete beide Arme nochmals. „Und was ist mit den seltsamen Malen auf den Innenseiten der Handgelenke und auch in beiden Armbeugen?" Ich wies auf besagte Stellen.

Der Prälat trat einen Schritt näher heran, darauf bedacht, durch den Mund zu atmen. „Ach, diese Spuren. Laut dem Arzt, handelt es sich vermutlich um

Kratzspuren."

„Kratzspuren?"

„Das Opfer muss kurz vor seinem Tod unter einem akuten Ausschlag gelitten haben."

„Er ist hierhergekommen, mit einem gebrochenen Arm. Er hat seine linke Hand mit einem Nagelbrett malträtiert. Und dann hat er sich Gewichte umgebunden und ist ins Wasser gesprungen? …Das macht doch keinen Sinn", fasste ich zusammen.

Wagner zuckte beinahe hilflos mit den Schultern. „*Das macht doch keinen Sinn* - Wir haben uns das Gleiche auch bei Cornelia gedacht. Sie war eine lebenslustige Frau, bis sie sich verändert hat. …Und jetzt der Tote hier, Bernhard Schwarz." Wagner warf dem Opfer einen kurzen Blick zu, aus dem tiefes Mitgefühl sprach.

Der Prälat trat an die Bahre und zog das Leichentuch behutsam über das Gesicht des Toten. „Ich habe Bernhard gekannt. …Er war Halbwaise müssen Sie wissen. Er hatte nur noch seine krebskranke Mutter. Sie befindet sich momentan zur stationären Behandlung in der Klinik, wo ich sie gelegentlich besuche. Manchmal ist…, manchmal war auch Bernhard da. Und so sind wir ins Gespräch gekommen."

Ott hatte sich von uns abgewandt und sprach in Richtung des Sees. „Er sah nicht so aus, als ob ihn etwas anderes bedrückte, als die Krankheit seiner Mutter, und die bekommen die Ärzte langsam in den Griff. …So viel er mir erzählt hat, war er gut im Studium, engagierte sich als Fußballtrainer einer Kindermannschaft seiner Kirchengemeinde und war leidenschaftlicher Hobbyfotograph. …Und jetzt das hier. Das ist völlig unverständlich."

4

Als wir uns ins Auto setzten, um zurück nach Hause zu fahren, hielt ich kurz inne und suchte Blickkontakt mit Wagner. „Ich denke, wir müssen reden."

Er schien nicht überrascht, sondern nickte nur.

Streng genommen hätten wir uns auch im Wagen unterhalten können, aber ich wollte meine Aufmerksamkeit nicht zwischen der Fahrt und unserem Gespräch aufteilen. Ein Stück weiter hatte ich eine Parkbucht erblickt. Ich steuerte auf den Rastplatz zu, hielt an und wir stiegen aus.

„Wollen Sie etwas trinken?", fragte ich.

„Ja, das wäre schön", antwortete Wagner.

„Ich habe Kaffee dabei."

„Kaffee ist prima."

Ich holte meine Thermoskanne aus dem Kofferraum und eine Reservetasse. Wir setzten uns gegenüber an eine dieser typischen Essgruppen, wie man sie auf jedem Rastplatz findet. Sie war aus groben Holzbohlen gezimmert. Ich blickte mich um.

Im Sommer konnte man von hier aus sicherlich einen schönen Blick auf die Landschaft genießen. Jetzt verbarg sich die Herbstsonne hinter dichten Wolken. Alles wirkte grau und kalt.

Ich gab Wagner den zweiten Becher und goss uns ein. „Der Kaffee ist schwarz, ich habe keinen Zucker."

„Das macht nichts", meinte Wagner, „Hauptsache heiß."

Wir nahmen beide einen Schluck. Das Gebräu schmeckte stark und bitter, aber es war in dieser Situation genau das Richtige.

„Eine junge Frau verbrennt sich selbst und Sie stellen eine Sonderermittlerin ein", begann ich. „Ich bin nicht gerade billig, aber das mag ja für Ihre Kirche keine Rolle spielen. Dann begeht noch jemand Selbstmord und ein Prälat erscheint sofort auf dem Schauplatz. Wie muss ich diese Situation einschätzen?"

Wagner nahm einen weiteren Schluck aus seiner Tasse. Diesmal wollte er eindeutig Zeit gewinnen. Er setzte den Becher ab und drehte ihn zwischen seinen Fingern. „Der Kirche geht es im Moment nicht so gut. Wir müssen aufpassen. Sie wissen schon…, die Sache mit den Kirchenaustritten und dann die Fälle von Kindesmissbrauch. …Nein, wir können uns keine weiteren Skandale leisten, die unsere Gläubigen verunsichern."

„Ihre Gläubigen [illegible]? Deshalb wird jeder Selbstmord u[illegible]

„Wir w[illegible]en Problemfelder aufreißen."

„*Problemfelde*[illegible] ich das sehe, kann man niemanden daran hindern, Suizid zu begehen. Wenn sich jemand dazu entschlossen hat, dann zieht er es auch durch. Das ist meiner Meinung nach eine sehr persönliche Entscheidung, da gibt es keine *Schuldigen.*“

Wagner schwieg.

„Allerdings“, fuhr ich fort, und mein Tonfall ließ Wagner aufhorchen, „allerdings finde ich die Begleitumstände bei beiden Fällen doch recht seltsam.“

Ein älterer Audi, tiefergelegt, mit auffälligen Aluminiumfelgen und seitlichen Rallyestreifen, bog in unsere Parkbucht ein, hielt an und ein junger Mann stieg aus. Er rannte zu einer nahen Baumgruppe, blieb davor stehen und begann, von uns abgewandt zu urinieren. Zwei weitere Männer kletterten aus dem Wagen. Auch sie waren jung, weit unter dreißig. Sie sprachen lauthals miteinander und lachten schallend.

Mein Instinkt begann, mir deutliche Warnsignale zu senden.

„Es ist besser, wenn wir jetzt gehen“, sagte ich.

„Nein“, erwiderte Wagner, der viel zu sehr mit unserer Unterhaltung beschäftigt war, als dass er von seinem Umfeld Notiz genommen hätte. „Wir sollten das ausdiskutieren. Sie vermuten einen besonderen Grund, warum wir uns derartig um die Vorfälle kümmern.“

„Das stimmt“, pflichtete ich ihm bei, ohne die Neuankömmlinge aus den Augen zu lassen.

„Wie gesagt, wir nehmen unsere seelsorgerische Pflicht ernst“, fuhr Wagner fort.

Die drei Männer standen jetzt zusammen und richteten ihre Blicke auf uns. Sie sprachen miteinander, aber sie redeten nicht mehr laut.

Einer der Männer löste sich aus der Gruppe und schlenderte uns entgegen. Er blieb dicht vor uns stehen. Erst jetzt bemerkte ihn Wagner.

„Hallo“, sagte der junge Mann.

Wagner grüßte mit dem Kopf zurück, ich reagierte nicht.

Der junge Mann hatte kurzgeschorene Haare und trug eine goldene Kette um den Hals. Die Arme, die aus seinem T-Shirt hervorschauten, waren muskulös und sehnig. Er beugte sich vor und beäugte Wagner. „Das habe ich doch richtig gesehen, du bist ein Priester.“

„Ganz genau“, antwortete Wagner.

„Und dann sitzt du hier mit so einer geilen Tusse?“, er deutete auf mich.

Wagner erwiderte nichts.

„Weißt du denn nicht, dass du dich nicht um Frauen kümmern sollst? Ihr habt doch das… wie nennt man das doch gleich…Zoll…, Zölla… - ach, egal! Ihr dürft jedenfalls mit Frauen nicht …*ficken*! Und wie ich gehört habe, steht ihr sowieso mehr auf kleine Jungs.“

Ich trank von meinem Kaffee und stellte ihn bedächtig auf die Tischplatte zurück. Der Mann drehte sich von Wagner ab, um mich von oben bis unten zu mustern.

„Na, Süße, hast du Lust?“, fragte er mit eindeutigem Grinsen.

„Kleiner“, sagte ich zu ihm, „wenn du brav zu deinen Freunden zurückgehst, passiert dir nichts. Dann tun wir so, als hätten wir nichts gehört!“

„Ha!“, rief der Blonde und wandte sich an seine Kumpane. Dabei strotzte er nur so vor Selbstbewusstsein. „Die Alte kann ja sprechen!“ Und an mich gerichtet: „Ich hab‘ gedacht, ihr Nutten haltet immer das Maul, wenn ihr nicht gerade am Blasen seid, und das einzige was ihr könnt, ist stöhnen!“

„Wie gesagt“, wiederholte ich. „Wenn du schön artig bist und zu deinen Freunden gehst, passiert dir nichts.“

Der Blonde kam näher an mich heran und stützte sich mit beiden Armen auf die Tischplatte auf, die sich zwischen Wagner und mir befand. „Was willst du denn unternehmen, wenn ich nicht gehe?“, fragte er und seine Stimme nahm einen gefährlichen Unterton an.

Ich lächelte in seine blauen Augen.

Mit meiner Linken wischte ich seine Arme weg, langte nach oben, packte seinen Kopf und schlug ihn mit aller Kraft auf die Tischplatte. Es knackte. Seine Nase brach. Augenblicklich schoss Blut heraus. Er schrie wie ein verletztes Tier.

Ich hielt seinen Kopf an den Haaren fest, schob ihn nach hinten und blickte ihn direkt an. „Du kleiner widerlicher Bettnässer! Hau ab! Sonst werde ich *richtig* böse! Hörst du?“

Wagner hatte sich nicht gerührt. Stattdessen trank er von seinem Kaffee. Zu meinem Erstaunen schien er gefasst zu sein. Er zitterte nicht und machte auch keine albernen religiösen Bemerkungen.

Ich ließ den Blonden los, der sich aufrichtete und an seine Nase langte. Das Blut quoll jetzt zwischen seinen Fingern hervor. Sein Ausdruck war hasserfüllt, aber auch stumpf. Ich wusste, er war vorsichtig und würde nicht noch einmal das Risiko eingehen, mich zu unterschätzen.

„Also?“, fragte ich.

„Wir gehen.“

„Kluge Entscheidung.“

Er drehte sich um, machte ein paar Schritte und

verharrte. Ich hatte den Eindruck, als würde er mir noch etwas sagen wollen. Aber dann setzte er den Weg zu seinen Kumpanen fort.

Seine Freunde umringten ihn. Alle sahen unschlüssig zu uns her. Scheinbar gelassen blickte ich zurück. Nach einer Weile stiegen sie in ihren Wagen. Langsam fuhren sie an uns vorbei, hupten mehrmals und waren verschwunden.

„Danke“, sagte Wagner.

Ich machte eine wegwerfende Handbewegung. „Die gehörten zu der Sorte, bei denen man etwas deutlicher werden muss.“

„Sie reagieren sehr schnell.“

Ich zuckte mit den Schultern. „Jahrelanges Training…“, nach einer Pause fuhr ich fort: „Wir haben uns jetzt ein bisschen besser kennengelernt. Und? Wollen Sie immer noch mit mir zusammenarbeiten?“ Ich hatte mich ihm zugewandt und studierte ihn angestrengt.

Sein Blick war offen, ohne jede Unsicherheit. „Ich bin fest davon überzeugt, dass Sie die richtige Person für diesen Fall sind.“

5

Wagner war tagsüber beschäftigt und mir tat der Abstand gut, um alle Erkenntnisse, die wir bisher gewonnen hatten, einzuordnen und eine Strategie zu überlegen. Dennoch merkte ich, dass ich ihn irgendwie zu vermissen schien und ich gestand mir ein, dass er für mich eine mehr als willkommene Abwechslung in meinem derzeit tristen Dasein darstellte.

Wir wollten uns gegen Abend direkt bei dem Studentenwohnheim treffen, in dem Bernhard, unser jüngstes Suizidopfer, gelebt hatte. Prälat Ott hatte zugesagt, den Schlüssel von Bernhards Mutter für uns zu beschaffen.

Wagner versprach sich viel von der Sichtung des Appartements. Er war fest davon überzeugt, dass wir einen Hinweis auf ein Motiv finden würden, welches den Toten dazu getrieben hatte, unter Schmerzen aus dem Leben zu scheiden.

Ich fuhr über die Autobahn und hatte mit einem längeren Stau zu kämpfen. Der Feierabendverkehr war heftig. Jeder versuchte, möglichst schnell heimzukommen. Die Sonne war schon längst hinter den Wolken verschwunden und alles war in ein graues mehliges Licht getaucht.

Schließlich lenkte ich am Kanal entlang. Auf dessen schmutzigem Wasser glitt ein Kohlenschiff geräuschlos neben mir her. Bald hatte ich es überholt. Ich durchquerte die Stadt. Nach einigen weiteren Minuten hatte ich das Wohnheim endlich erreicht.

Der schmucklose Betonbau stammte aus den frühen siebziger Jahren und war direkt an den Waldrand gebaut. Dürre Kiefern streckten ihre nackten Stämme zum Himmel, dazwischen wucherte Unterholz – im Sommer mochte es grün sein, jetzt schien es ausgebleicht und ohne Leben.

Noch herrschte semesterfreie Zeit und meine Schritte hallten weit durch die verlassene Lobby. Ich schien mich vollkommen alleine im Gebäude aufzuhalten.

Ich vermied den Aufzug. Stattdessen nahm ich die Treppe bis in den dritten Stock, um zu Bernhards Wohnung zu gelangen, vor der sich Wagner mit mir verabredet hatte.

Obwohl ich mich verspätet hatte, war von Wagner noch keine Spur zu sehen. Ich lehnte mich an die Wand und wartete. Warten hatte ich gelernt. Darin war ich richtig gut.

Ich bereute es, das Rauchen vor einem halben Jahr aufgegeben zu haben. - Ich hatte mir damals so einiges abgewöhnt. Aber jetzt hätte ich es mehr als genossen, den würzigen Rauch tief einzuatmen. Vielleicht war es auf Dauer doch härter, auf Zigaretten zu verzichten, als ich anfangs angenommen hatte.

Ich lehnte meinen Kopf an die Wand, versuchte, an nichts zu denken, sondern mich auf den Augenblick zu konzentrieren. Der Augenblick war wichtig. Der Augenblick war alles, was mir gehörte – im Gegensatz zur Vergangenheit, die mir ständig Streiche spielte, oder zur Zukunft, auf die ich keinen Einfluss hatte.

Die Gegenwart war das, was mir blieb. Ich wollte ein Mensch sein, der nur in der Gegenwart lebte. Dann würde ich es schaffen.

Ich hörte ein pumpendes Geräusch. Erst leise, dann wurde es lauter. Ich lauschte angestrengt. Es kam mir jetzt eher wie ein Schnarchen vor. Vielleicht blies irgendwo eine Belüftungsanlage durch ein Gitter. Ja, so klang es.

Das Geräusch wurde deutlicher. Es stammte aus der Wohnung hinter mir. Es stammte aus Bernhards Appartement.

Ich klingelte. Niemand öffnete.

Das Geräusch war verschwunden. Dann vernahm ich es wieder. Es drang durch das Holz der Tür.

Ich hob meine Hand, um anzuklopfen. Die Tür schwang unter meiner Berührung leicht auf, sie war nicht verschlossen gewesen.

Dunkelheit.

Zugezogene Vorhänge gaben dem letzten Tageslicht keine Chance, in den Raum zu dringen.

Mit einem Mal wurde mir bewusst, dass ich im hell erleuchteten Türrahmen stand. Ich ging in die Hocke, um kein leichtes Ziel zu bieten, fasste an meine Hüfte, an der sich früher meine Dienstwaffe befunden hatte. Mein Griff ging ins Leere. Meine Pistole war nicht da. Ich hatte sie mit so vielem anderen verloren.

Nach unten gekauert zwang ich mich, ruhig zu

atmen. Ich wartete, bis sich meine Augen an das wenige Licht vor mir gewöhnten. Nach einer Weile nahm ich das Mobiliar wahr: ein alter Schreibtisch, auf dem stapelweise Zeitungen und Müll abgelegt waren. Ein Bett mit Wäschebergen, daneben ein langer schwarzer Sack. Überall Dosen, benutztes Geschirr, einige leere Pizzaschachteln und Pappkartons vom Chinesen. Ein vergammelter Geruch schlug mir entgegen. Alles war durcheinander geschmissen. Jemand hatte die Wohnung aufs Gründlichste durchwühlt.

Das Geräusch fing wieder an und der schwarze Sack auf dem Bett bewegte sich leicht im Takt dazu. Ich konnte Schuhsolen erkennen. Sie zuckten ein wenig.

Das Röcheln wurde stärker.

Ich hastete zum Bett. Vor mir lag ein Mann. Seine Hände waren mit grauem Klebeband auf den Rücken gefesselt. Auch seine Beine waren eng verschnürt.

Aber das war nicht alles. Was noch hinzukam, war der Strick. Der Strick am Hals des Mannes. Das Ende des Seils war an einen der Bettpfosten gebunden und der Körper so über das Bett hinausgeschoben, dass der Mann durch sein eigenes Gewicht langsam aber sicher stranguliert wurde. Eine höllische Art zu sterben, die ihre Zeit dauerte.

Ich holte mein Klappmesser aus der Tasche und schnitt den Strick durch. Der Mann, dessen Körper nun nicht mehr durch das Seil gehalten wurde, rutschte zu Boden, wo er bis auf ein gelegentliches Röcheln nahezu bewegungslos liegen blieb.

Ich beugte mich über ihn und betastete seinen Hals. Die Schlinge hatte sich bereits so tief ins Fleisch geschnitten, dass sie sich nicht mehr von alleine lockerte. Ich versuchte, sie durchzusäbeln, doch ich bekam meine Klinge nicht zwischen das Seil und den Hals des Mannes.

Behutsam, um ihn nicht noch mehr zu verletzten, begann ich, den Strick mit der Spitze meines Messers von außen zu ritzen. Es war eine Arbeit, die viel Konzentration verlangte. Schon bald tropfte mir der Schweiß von der Stirn.

Endlich hatte ich es geschafft. Mit spitzen Fingern löste ich die restliche Schnur ab. Dann packte ich den Mann, der mit seinem Gesicht nach unten lag, an den Schultern, richtete ihn auf und drehte ihn dabei um. Auch quer über seinem Mund klebte dieses graue Isolierband. Ich riss es ab.

Schon längst hatte ich den Mann vor mir erkannt. Es handelte sich um Wagner.

Er schnappte krächzend nach Luft und versuchte vergeblich, zu sprechen.

Ich säbelte gerade seine Handfesseln durch, als ich verstand, was er mir sagen wollte.

„Noch. Da“, presste er heiser heraus.

In diesem Moment hörte ich ein Geräusch hinter mir. Instinktiv zuckte ich zur Seite und ein schwerer Gegenstand schlug gegen meine Schulter. Ich fiel hart zu Boden, wälzte mich herum und trat blind nach oben. Ich traf meinen Angreifer am Oberschenkel. Ich sah nur ein schwarzes Kapuzenshirt, eine Kamera, die an einer langen Schnur an seinem Hals hing und dunkle Jeans. In seiner Rechten hielt er eine Art Schlagstock, von seiner Linken baumelte ein Seil. Ich zweifelte keinen Augenblick daran, was er damit vorgehabt hatte. Er hatte auch mich erdrosseln wollen.

Er griff mich erneut an. Ich drehte mich seitwärts,

kam auf die Beine, schlug in seine Richtung. Diesmal ging mein Angriff ins Leere, er war mir ausgewichen.

Wagner keuchte laut, er hatte große Schwierigkeiten beim Luftholen.

Der Angreifer drehte sich unvermittelt ab und rannte zur Tür hinaus.

Ich wandte mich Wagner zu, um ihm zu helfen.

„Nicht! Lassen. Sie. Mich!“, krächzte er. „Hinterher! Mir. Fehlt. Nichts!“

Ich stürzte aus dem Appartement. Der linoleumbelegte Gang vor mir war leer. Ich hastete zum Treppenhaus und blickte durch die Flurfenster in Richtung Wald. Ein Mann mit schwarzer Kapuze verschwand gerade zwischen den Büschen. Ich hetzte die Treppe hinunter und begann, ebenfalls zu rennen.

Ich hatte vergessen, richtig zu atmen, meine Lunge stach und jeder Schritt tat mir weh. Ich zwang mich, regelmäßig und tief Luft zu holen, während ich mich weiter vorwärts trieb. Nach einer Weile normalisierte sich mein Herzschlag.

Vor mir, auf einem Waldweg, sah ich den Mann mit dem schwarzen Kapuzenshirt. Ich war fest entschlossen, ihn einzuholen.

6

Sobald ich in den Wald kam, nahm die Dunkelheit zu. Der weiße Kiesweg vor mir leuchtete verhalten zwischen den Kiefernstämmen.

Der Mann, den ich verfolgte, legte ein konstant hohes Tempo vor. Ich zwang mich dazu, seine Geschwindigkeit zu halten. Der Weg schlängelte sich steil bergab. Bei jeder Kurve verlor ich den Mann kurzzeitig aus den Augen und beeilte mich, die Distanz zu verringern, um ihn wieder sehen zu können.

Schweiß rann mir über das Gesicht. Meine Lunge begann zu pfeifen. Ich joggte zwar jeden Morgen, aber nicht in dieser Geschwindigkeit, und meine alte Form hatte ich noch längst nicht wieder.

Die Dämmerung wich allmählich der Nacht. Dennoch konnte ich den Mann deutlich erkennen, weil ich ihm weiterhin dicht auf den Fersen blieb. So schlecht war meine Kondition doch nicht, wie ich zunächst befürchtet hatte, stellte ich mit grimmiger

Genugtuung fest.

... Und dann wurde mir plötzlich klar, dass ich mich irrte.

Der Mann, den ich verfolgte, achtete ganz bewusst darauf, dass ich ihn nicht verlor. Er lockte mich tief in den Wald hinein, weit weg von anderen Menschen. Hier war ich allein. Er hatte keine Angst, er floh nicht vor mir, er führte mich in eine Falle.

Ich blieb stehen.

Wie auf ein geheimes Kommando, verlangsamte auch der Mann seine Schritte, verharrte und drehte sich um. Ich konnte sein Gesicht nicht erkennen. Ich sah nur, dass er jetzt breitbeinig auf dem Weg stand. Dann leuchtete eine kleine Flamme auf und ein glühender Funke erschien in der Dunkelheit. Er hatte sich eine Zigarette angesteckt.

Ich blickte mich um, sah Bäume und Unterholz. Ohne zu zögern, wich ich nach links aus, schlug mich in die Vegetation und spähte dorthin zurück, wo ich gerade gewesen war. Ich sah den leuchtenden Punkt auf mich zukommen. Wieder flammte das Feuerzeug auf und eine weitere Zigarettenglut entstand. Der Mann, den ich verfolgt hatte, war hier verabredet gewesen. Ein zweiter hatte sich zu ihm gesellt.

Die Punkte entfernten sich voneinander und plötzlich verschwanden sie. Ich wusste, was das bedeutete. Sie hatten ihre Zigaretten weggeworfen und machten sich an die Arbeit. Sie suchten mich. Ich hatte keinen Zweifel daran, was sie vorhatten. Sie wollten mich töten. Hier, wo mir niemand helfen konnte.

Ich schlich mich weiter ins Dickicht. Meine Füße stießen an einen Haufen mit alten dürren Ästen. Vorsichtig, bemüht, möglichst wenig Geräusche zu machen, kroch ich darunter, zog die Zweige über mich, wobei ich darauf achtete, dass ich noch herauslugen konnte.

Lange Zeit hörte ich nur meinen Atem. Dann vernahm ich das Knacken von dürrem Holz, das Rascheln von Laub und ich machte nicht weit von mir entfernt einen schemenhaften Umriss aus. Es war einer der Männer. Wenn ich genau hinsah, konnte ich in seiner Hand einen länglichen Gegenstand erkennen, mit dem er am Boden herumstocherte.

Jetzt begann er, damit gegen die Bäume zu schlagen. Es klang dumpf, hart und zunehmend wütend. Hier traf nicht Holz auf Holz. Vielmehr war der Gegenstand in der Hand des Mannes eindeutig aus Metall - höchstwahrscheinlich handelte es sich um eine Brechstange.

Für einen Moment kam mir der Unbekannte sehr nahe. Wenn ich meine Hand ausgestreckt hätte, hätte ich sein Bein berühren können. Dann verschwand er so plötzlich, wie er gekommen war.

Ich atmete flach, blieb in meinem Versteck und wagte es nicht einmal, auf meine Uhr zu blicken. Meine Verfolger würden sich jetzt irgendwo auf die Lauer legen, in der Hoffnung, dass ich aus meiner Deckung kam und ihnen in die Arme lief. Und sie würden das mit den Eisenstangen tun, wofür sie der zweite Mann mitgebracht hatte.

Aber dann dachte ich an Wagner. Die Männer mussten damit rechnen, dass er die Polizei gerufen hatte. Sie konnten nicht das Risiko eingehen, sehr viel länger im Wald auszuharren. Das war wohl auch der Grund, weshalb der eine so wütend auf die Bäume eingeschlagen hatte.

Ich blieb noch eine Weile unter dem Asthaufen liegen, bevor ich herauskroch und mich gebückt zum

Weg zurückmachte. Dabei vermied ich es aber, direkt auf dem weißen Kies zu laufen, sondern blieb stattdessen im Abstand von einigen Metern zwischen den Fichten. Ich hielt mich in deren Schatten und blickte mich ständig um. Aber die zwei Männer, die mich hatten töten wollen, blieben verschwunden.

An der Stelle, an der der Kiesweg zum Studentenwohnheim mündete, trat ich aus dem Wald. Mein Golf stand auf dem Parkplatz. Auf dem Beifahrersitz saß eine einzelne Person. Nirgends Streifenwagen, keine Polizisten.

Ich näherte mich vorsichtig, bis ich erkannte, wer sich in meinem Auto befand. Ich öffnete die Tür und ließ mich schwer hinters Steuer fallen.

„Da sind Sie ja endlich", sagte Wagner mit heiserer Stimme, wobei er versuchte, entspannt zu klingen. Sein Gesicht wirkte aber extrem blass und trug einen Ausdruck, der mir mehr als deutlich verriet, dass er sich ganz offensichtlich große Sorgen um mich gemacht hatte.

„Das Schloss Ihrer Beifahrertür ist kaputt", sagte er.

„Das weiß ich", antwortete ich, um anzufügen: „Wie geht es Ihnen?" Im Schein der Straßenlampe, die nicht weit von uns brannte, konnte ich einen wütendroten Strich sehen, der sich quer über seinen Kehlkopf zog.

„Wenn Sie ein paar Minuten später gekommen wären", setzte er an. „… Ich glaube nicht, dass ich dann noch gelebt hätte… Ich muss Ihnen danken."

„Müssen Sie nicht."

Er räusperte sich. „Haben Sie ihn erwischt?"

„Es ging nicht darum, ob ich ihn erwische. Er hatte einen Komplizen im Wald und führte mich ganz gezielt dorthin. Sie hatten es auf mich abgesehen. Als sie sich sicher sein konnten, dass ich ihnen ausgeliefert war, wollten sie mich umbringen.“

„Ich hätte nie gedacht…“, begann Wagner und stoppte.

„Was?“, fragte ich.

„…dass das solche Ausmaße annimmt.“

„Haben Sie die Polizei verständigt?“

Wagner schwieg.

„Wir müssen den Vorfall unbedingt der Polizei melden“, beharrte ich.

Wieder erhielt ich keine Antwort.

„Sie sind doch auch der Meinung, dass man das melden muss“, drängte ich. „Die haben Sie beinahe stranguliert und hatten auch vor, mich zu ermorden. Das sind skrupellose Verbrecher!“

Wagner atmete tief durch. „Sie haben ja recht…“

„Aber?“

„Mein Auftrag ist es, diese Selbstmorde im Stillen zu untersuchen, ohne großes Aufhebens zu machen.“

„Sie wollen das tatsächlich unter den Teppich kehren? Nach dem, was heute passiert ist, können Sie doch nicht allen Ernstes glauben, dass Ihnen das gelingen wird! Da steckt viel mehr dahinter, als wir ursprünglich angenommen haben. Hier geht es nicht nur um Suizid!“, entgegnete ich hitzig.

Wagner biss sich auf die Lippen, wandte seinen Kopf von mir ab und tat so, als würde er zum Seitenfenster hinausblicken. „Die Weisungen, die ich in Bezug auf die Selbstmorde erhalten habe, waren unmissverständlich. Keine Öffentlichkeit.“

„Auch wenn das bedeutet, dass damit unser beider Leben auf dem Spiel steht?“

Wagner blieb still.

7

„In diesem Zustand kann ich Sie nicht nach Hause lassen", begann ich, nachdem wir längere Zeit schweigend nebeneinander gesessen hatten.

„Doch, das schaffe ich schon", meinte Wagner, bemüht, seiner Stimme einen zuversichtlichen Tonfall zu geben.

Ich startete den Wagen. „Wir werden sehen."

Bis zu dem Jugendstilhaus, in dem er wohnte, brauchten wir eine knappe halbe Stunde. Wagner bewegte sich kaum. Nur manchmal, wenn er meinte, dass ich ihn nicht beobachtete, betastete er vorsichtig seinen Hals. Er schien starke Schmerzen zu haben.

Als wir bei ihm ankamen, fand ich schnell einen Parkplatz und wollte ihm beim Aussteigen helfen. Er war aber bereits selbst aus dem Auto geklettert.

„Sie brauchen wirklich nicht mit zu mir", wiederholte er.

„Doch", beharrte ich. „Wir schauen uns Ihre Verletzung bei Licht einmal näher an. Dann können wir immer noch entscheiden, ob wir einen Arzt hinzuziehen."

Im Haus roch es nach Bohnerwachs. Wir stiegen die knarrenden Holzstufen empor, bis Wagner im zweiten Stock anhielt. Er suchte in seinen Taschen nach den Schlüsseln, fand sie und öffnete die Tür.

Wir betraten zuerst einen ziemlich breiten Flur. Die Wände waren höher als bei modernen Wohnungen. Ich schätzte sie auf mehr als drei Meter. Über den Gang, in dem nur eine schmucklose, wenn auch sicherlich teure Kommode stand, gelangten wir in das Wohnzimmer. Ein weißer Bücherschrank zog sich über zwei Seiten des Raumes hinweg. Davor standen ein futuristisch gehaltener Schalensitz, der wohl so etwas Ähnliches wie einen Lesesessel darstellen sollte, und ein passender Beistelltisch. Ansonsten war das Zimmer leer. Durch die Sprossenfenster schimmerte das Licht einer Straßenlaterne und warf Akzente auf den hellen Holzboden.

„Recht gemütlich", log ich, denn trotz der Bücher wirkte der Raum seltsam unpersönlich – als ob sich in ihm kaum jemand aufhalten würde. „Gibt es hier auch ein Bad?"

Wagner wies auf eine weiß lackierte Holztür zur rechten Seite. Ich öffnete sie, sah Wagner an und machte eine einladende Handbewegung. Nur zögernd folgte er meiner Aufforderung.

Ich schaltete das Licht an. Italienische Fliesen und Marmor empfingen mich. Wagner hatte eindeutig Geld. Mehr, als er als einfacher Geistlicher verdienen konnte. Vermutlich kam er aus einer wohlhabenden Familie. Sponsored by daddy.

„Gar nicht mal so übel", sagte ich mit Blick auf die edlen Armaturen und die futuristisch geschwungene

Wanne. „Und jetzt zeigen Sie mir die Wunde.“

Wagner blieb mehr als zwei Schritte vor mir stehen und reckte den Hals etwas vor.

Gegen meinen Willen musste ich lachen. „Wie soll ich denn da etwas erkennen? Machen Sie einfach den Oberkörper frei.“

Widerstrebend gehorchte mir Wagner, legte zuerst sein dunkles Jackett ab und knöpfte dann sein offensichtlich maßgeschneidertes schwarzes Hemd auf. Es schien ihm peinlich zu sein, denn er ließ sich Zeit, es vollends zu öffnen.

„Na los!“, forderte ich ihn auf. „…Übrigens habe ich schon mehr als einen nackten Mann gesehen!“

Wagner seufzte resignierend und streifte sein Hemd herunter.

Ich wollte es ihm abnehmen und verharrte mitten in meiner Bewegung. Wider Erwarten war er trainiert. An seinem Oberkörper war kaum eine Spur Fett. Muskeln zeichneten sich deutlich unter seiner Haut ab.

Wagner verstand meinen Blick, der Anflug eines entschuldigenden Lächelns zog über sein Gesicht. „Mitunter spiele ich ein wenig Squash.“

„Na ja. Soll ja gesund sein“, sagte ich, griff das Hemd und legte es achtlos über den Wannenrand.

Ich holte ein Handtuch, machte es nass, und begann, das Blut von seinem Hals zu tupfen. Das Seil hatte sich an mehreren Stellen tief in seine Haut geschnitten. Die Partien waren rot und geschwollen.

Ich wusch die Wunde so gut ich konnte oberflächlich aus, nahm das Rasierwasser vom Platz neben dem Spiegel, benetzte ein anderes frisches Handtuch und reinigte nochmals gründlich nach. Die Prozedur musste Wagner höllisch schmerzen, doch sein Ausdruck blieb unbeweglich. Er gab keinen Laut von sich.

Die ganze Zeit über stand ich sehr nah bei ihm. Ich konnte die Wärme spüren, die von ihm ausging. Obwohl ich mich auf seine Verletzung konzentrierte, glitt mein Blick mehrmals wie von selbst zu seinem Gesicht. Seine Wimpern waren dicht und seine graublauen Augen kamen mir dunkler vor, als gewöhnlich.

Sobald ich mit dem Verarzten fertig war, trat ich einen Schritt zurück. „Haben Sie ein Wundpuder?“, fragte ich und meine Stimme klang seltsam fremd.

„Wundpuder?“, wiederholte er. Sein Blick verriet mir, dass auch er unsere Nähe sehr bewusst wahrgenommen hatte.

„…Oder irgendetwas anderes, womit man die offenen Stellen versorgen kann.“

„Das Verbandszeug ist links.“ Er räusperte sich.

Ich öffnete seinen Badschrank, fand die Sachen die ich benötigte, verteilte Bepanthensalbe auf den wunden Stellen und klebte anschließend Pflaster darüber. Während der Prozedur spürte ich seinen Kehlkopf unter meinen Fingerspitzen, wie er sich bewegte, wenn er schlucken musste.

„So. Fertig“, meinte ich. „Sie können sich wieder anziehen, …oder was auch immer.“

Ich ging hinaus ins Wohnzimmer und wartete, bis er sich zu mir gesellte. Er hatte sich ein frisches Hemd übergezogen, es jedoch nicht bis zum Kragen zugeknöpft. Ohne seine offizielle Tracht wirkte er verletzlich und anziehend zugleich.

„Danke“, sagte er und vermied es dabei, mich direkt anzusehen.

Ich machte eine vage Geste mit der Hand. „Das ist

doch selbstverständlich."

„Kann ich Ihnen etwas anbieten?"

Suchend blickte ich um. „Hier kann man sich ja nirgendwo setzen."

„Wir können in die Küche", schlug Wagner vor und führte mich in einen anderen Raum, in dem sich eine hochmoderne Einbauküche befand. In einer Nische stand ein Ecktisch mit zwei Stühlen.

„Wenn Sie Platz nehmen wollen?" Wagner wies übertrieben förmlich zur Essecke. „Was kann ich Ihnen anbieten?"

„Was haben Sie denn?"

Wagner öffnete umständlich seinen Kühlschrank und begann aufzuzählen: „Mineralwasser, Milch und Tomatensaft..."

„Tomatensaft?", wiederholte ich ungläubig.

Wagner verstand augenblicklich und lächelte. Das Lächeln erreichte seine Augen. „Irgendwo drüben habe ich noch einen Scotch."

„Scotch klingt gut."

Wagner sah auf. „Wollen Sie Wasser dazu?"

„Für mich kein Wasser", antwortete ich.

Wagner verschwand im Wohnzimmer und kam bald darauf mit einer Flasche zurück, in der ein goldbrauner Inhalt glänzte. Das Etikett war schwarz mit silbernen geschwungenen Lettern. Die Flasche war zu zwei Dritteln voll.

„Das ist aber edler Stoff", sagte ich.

„Man tut, was man kann", antwortete er und lächelte wieder dieses neue warme Lächeln. Er holte zwei Kristallgläser aus einem Geschirrschrank, stellte sie auf den Tisch und goss jedem von uns etwas ein. Ich machte eine aufmunternde Bewegung mit meinem Zeigefinger und er schenkte mir und auch sich nochmals nach.

Wir hoben unsere Gläser, stießen ganz beiläufig an und ich probierte einen Schluck. Das warme Gefühl in meiner Kehle und in meinem Magen war unbeschreiblich, und ich sah, dass auch Wagner seinen Drink sehr genoss.

„Da haben wir beide heute nochmal Glück gehabt“, seufzte ich.

Wagner setzte seinen Whiskey ab, schob ihn mit beiden Händen so auf den Tisch, dass er direkt vor ihm stand, schien mit der Position des Glases noch nicht ganz zufrieden und verrückte es einige Zentimeter nach rechts. Ich wusste, er wollte mit diesen Albernheiten nur Zeit gewinnen.

Ich wartete, bis er mit seinem Ablenkungsmanöver fertig war. „Das waren keine Ministranten. Die hatten ganz fest vor, uns beide umzubringen.“

Wagner hatte jetzt die Finger auf dem Tisch gespreizt, seine Augen waren auf die Platte gerichtet. Er nickte, zuerst leicht, dann stärker. Er sah auf: „Was wollen Sie wissen?“

„Alles“, antwortete ich.

8

„Die letzten Jahre waren für die Kirche nicht gerade einfach." Wagner stockte. Ich erwiderte nichts und so räusperte er sich und fuhr fort: „Wir hatten große Probleme mit Priestern, die…" er suchte nach den richtigen Worten.

„…die sich an Kindern vergriffen haben", beendete ich seinen Satz für ihn.

Wagner wirkte erleichtert, dass ich ihm abgenommen hatte, den Begriff in den Mund zu nehmen.

„Das eigentliche Problem war und ist, dass die Untersuchung von außen kam, und wir nichts steuern konnten. Es wurden Dinge ans Tageslicht gezerrt, …", wieder suchte er nach einer korrekten Formulierung und brach schließlich ab.

„Sie meinen, man hätte diesen Vorwürfen nicht nachgehen sollen?"

„Doch, doch", beeilte sich Wagner zu antworten. „das sind ja Ungeheuerlichkeiten, die angezeigt und geahndet werden müssen! Aber…, es wäre für uns besser gewesen, wir hätten die Kraft aufgebracht, die Vorfälle selbst zu untersuchen und die Personen, die diese schrecklichen Verbrechen begangen haben... Wir hätten uns selbst darum kümmern sollen."

„Das heißt im Klartext?"

„Wir sind eine große Organisation. Und wie jede Organisation, die eine bestimmte Größe überschreitet, sind wir anfällig dafür, dass sich schwarze Schafe einnisten. Da hilft die beste Vorauswahl nichts. Das ist unvermeidbar. Wir haben einzelne Personen in unseren Reihen, die den Deckmantel seelsorgerischer Tätigkeit ganz bewusst dazu nutzen, Verbrechen zu begehen. ...Aber, ich bin sicher, wir hätten andere Möglichkeiten, bessere Möglichkeiten, mit diesen Leuten umzugehen, als wir es in der Vergangenheit getan haben."

„Und insgesamt wäre dann auch Ihr Image in der Öffentlichkeit nicht derartig angekratzt."

Wagner seufzte. „Das ist zwar nicht mein Hauptaugenmerk - aber: sicher. Wenn wir selbst die Kraft hätten, uns von Personen zu trennen, die von ihrer moralischen und seelischen Befindlichkeit nicht zu uns passen... - ja ich denke schon, dass das insgesamt für unsere Glaubwürdigkeit und für die Fortführung unserer Arbeit sinnvoll wäre."

„Bei diesen Selbstmorden: Sie befürchten wieder einen solchen Hintergrund, habe ich recht? Sie vermuten, dass jemand aus Ihren Reihen dafür verantwortlich ist. Habe ich Sie da richtig verstanden?"

„Alle, die in den vergangenen Jahren auf diese Art und Weise aus dem Leben geschieden sind, gehörten zu meiner Diözese. Das kann doch kein Zufall sein."

Ich horchte auf. „Was meinen Sie mit *in den*

vergangenen Jahren?“

Wagner nippte geistesabwesend an seinem Scotch. „Cornelia und Bernhard waren nicht die ersten, die auf solch grausame Art gestorben sind. Vor Ihnen gab es mindestens zwei weitere. Doch diese beiden früheren Suizide liegen bereits mehrere Jahre zurück. Wir sind erst durch Cornelia quasi zufällig auf die Gemeinsamkeiten gestoßen. Leider gibt es zu diesen ersten Selbstmorden so gut wie keine Unterlagen – weder bei uns, noch bei der Polizei.“

„Das war der Grund, warum Sie mich engagiert haben?“

Wagner mied meinen Blick. „Ja. Wir fühlten uns in diesem Moment überfordert. Und ohne handfeste Beweise können wir auch schlecht irgendetwas unternehmen. Wir haben momentan nicht einmal einen Verdacht. Aber wir wollen auf alle Fälle weitere Suizide verhindern und der Sache ein Ende setzen.“

„Selbstmörder, die überleben, werden im Bezirkskrankenhaus behandelt. Vielleicht gibt es dort Unterlagen über ähnliche gescheiterte Suizide. Haben Sie daran gedacht?“

Wagner schüttelte den Kopf, bevor er mit den Schultern zuckte. „Nein. Wir sind in diesen Dingen vollkommen unerfahren. Deshalb brauchen wir Sie auch so dringend.“

Ich nickte bedächtig. „Gleich morgen früh werde ich mich mit dem Bezirkskrankenhaus kurzschließen. Vielleicht finde ich da etwas heraus.“ Ich überlegte. Ein Gedanke drängte sich mir auf. „Darf ich die Fotos von Cornelia und dem Tatort noch einmal sehen?“

Wagner stand auf und kam mit einem dicken Ordner zurück. Er legte ihn auf den Tisch und blätterte darin. Neben einigen persönlichen Notizen zu Namen, Adressen und Hintergründen der Verstorbenen befanden sich dort auch die Bilder, die ich schon einmal betrachtet hatte.

„Ist Ihnen etwas aufgefallen?“, fragte er.

Ich zog die Fotos aus der Klarsichthülle. „Wie man es nimmt. Die Todesart unterscheidet sich, aber die anderen Verletzungen sind bei Bernhard nahezu identisch.“

„Das haben wir selbstverständlich auch bereits bemerkt. So war es wohl auch bei den ersten beiden Suiziden.“

„Es ist unwahrscheinlich, dass sich zwei oder gar vier Personen unabhängig voneinander auf solch ungewöhnliche Art verletzen. Das ist nahezu unmöglich“, sagte ich. „Es sieht aus, …nein, es *ist* so, als hätten sich Cornelia und Bernhard absichtlich und geplant fast schon selbst gefoltert. Dafür muss es einen Grund geben. Wir müssen etwas übersehen.“

„Aber welches Motiv könnte das sein?“ Wagner starrte auf die Bilder, doch ich merkte, dass er mit seinen Gedanken woanders war. Dann wanderte sein Blick zu mir „Es ist an der Zeit, dass wir zu Satorius gehen.“

„Satorius? Wer ist das?“

„Er ist Professor an der hiesigen Universität. Besser gesagt, er ist Professor gewesen, er ist emeritiert. Er ist ein Fachmann für – na, sagen wir einmal – menschliches Verhalten. Und ich weiß, er kennt sich auch mit Folter aus.“

„Gut“, sagte ich, „dann wäre es wohl das Beste, wir würden diesen Herrn Satorius einmal aufsuchen. Rufen Sie ihn an?“

„Das wird nicht nötig sein. …Was halten Sie

davon, wenn wir uns morgen Nachmittag bei ihm treffen?"

„Das geht so einfach?"

„Ich regle das. Das ist kein Problem."

„Und was ist mit diesen zwei Kerlen von heute Abend? Die wollten nicht, dass wir die Fälle untersuchen und weitere Nachforschungen betreiben."

„Das kann ich überhaupt noch nicht einordnen", meinte Wagner. „Als ich Bernhards Appartement betrat, wusste ich sofort, dass es durchsucht worden war. Aber was man hätte finden können, ist mir ein Rätsel. In dem Moment bekam ich auch schon einen Schlag auf den Kopf. Ich war nicht bewusstlos. Ich habe genau gefühlt, wie mich jemand mit Klebeband fesselte und mir dann die Schlinge um den Hals legte, um mich mit ihr langsam zu erwürgen. Es war grauenhaft, wirklich grauenhaft."

„Denken Sie, es handelt sich um Gemeindemitglieder? Und wenn ja, was machen die beruflich? Auftragskiller?"

Jetzt lächelte Wagner. „Ich weiß nicht, ob diese zwei Männer zu unserem Bistum zählen. Ich weiß nur, dass wir sie aufgestöbert haben und das kann kein Zufall sein."

Wieder spreizte er seine Finger auf dem Tisch und betrachtete sie, als würde er sie zum ersten Mal sehen. Stille senkte sich zwischen uns.

„Ich brauche eine Waffe", sagte ich.

Wagner blickte fragend auf, doch er schien nicht wirklich überrascht.

„Ich brauche eine Waffe", wiederholte ich. „Aber mein Waffenschein ist für ungültig erklärt worden."

„Und Sie meinen?"

„Sie kennen doch solch hohe Persönlichkeiten. Klemmen Sie sich hinter Ihren Bischoff und sagen Sie ihm, dass ich eine Schusswaffe brauche."

„Wenn Sie eine Waffe haben, gibt es immer die Möglichkeit, dass Sie sie auch benutzen werden", warf er ein.

Ich trank von meinem Whiskey und stellte ihn zurück. „Ich habe den Antrag bereits vor einem Monat gestellt. Er ist bislang nicht bearbeitet worden. Aber wenn sich jemand mit etwas Einfluss dahinterklemmen würde – ich denke, dann könnte das sehr schnell gehen."

Ich erhob mich.

„Sie wollen nach Hause?", fragte er.

„Ja", sagte ich. „Für heute war es genug für mich. Was macht Ihr Hals?"

Wagner lächelte. „Schon besser."

Ich streckte meine Fingerspitzen aus und fuhr über die Pflaster. Wie zufällig berührte ich dabei auch seinen Nacken. Für einen Augenblick trafen sich unsere Blicke.

„Ich muss los", sagte ich.

9

Als ich am nächsten Morgen vom Joggen zurückkam, wartete bereits ein Postbote auf mich. Nachdem ich ein amtliches Formular unterzeichnet hatte, händigte er mir einen Eilbrief aus, den ich auf meinem Couchtisch ablegte. Ich duschte und ging in meinen Bademantel gehüllt in die Küche, um meine Kaffeemaschine anzustellen.

Ich hatte keinen großen Appetit. Deshalb nahm ich mir eine trockene Scheibe Brot und knabberte daran, während ich von meinem Kaffee trank. Den Umschlag ließ ich die ganze Zeit ungeöffnet auf dem Tisch liegen. Wiederholt schweifte mein Blick darüber.

Erst als ich die Ungeduld nicht mehr aushalten konnte, riss ich das Kuvert auf. Es war eine Benachrichtigung von der zuständigen Ordnungsbehörde. Mein Waffenschein war mit sofortiger Wirkung in Kraft gesetzt. Ich durfte meine Pistole wieder tragen.

Ich nahm den Schlüssel vom Sideboard, ging zu meinem Safe und öffnete die Stahltür. Es lagen nur ein kleiner Haufen Papiere darin, einige Fotos und meine Neun-Millimeter. Mitsamt ihrem Holster nahm ich sie heraus und spürte den Griff aus Gummi und das vertraute Gewicht in meiner Hand.

Im unteren Fach befanden sich eine Schachtel Patronen und zwei gefüllte Magazine. Ich schob eines der Magazine in den Griff, packte den Schlitten mit der Linken und zog ihn mit einem Ruck nach hinten. Es gab ein metallisch sattes Geräusch als eine Patrone in den Lauf befördert wurde. Ich sicherte die Waffe und steckte sie, noch immer gespannt, zurück in ihr Holster.

Ich setzte mich zu meinem Frühstück. Mein Kaffee schmeckte wesentlich besser, als vorher. Das Brot war geradezu köstlich.

Langsam kam es mir so vor, als würde ich mein altes Leben zurückbekommen.

10

Keine Stunde später näherte ich mich dem Bezirkskrankenhaus, einem grauen Ungetüm aus Beton, in dem ausschließlich psychisch Kranke untergebracht waren. Wie ich Wagner zugesagt hatte, würde ich diese Spur nicht vernachlässigen – auch wenn sie mir bei Tageslicht betrachtet eher unwahrscheinlich vorkam. Ich wollte in Erfahrung bringen, ob hier in der Vergangenheit Suizidgefährdete behandelt worden waren, die sich Wunden wie Bernhard und Cornelia zugefügt hatten.

Als ich auf den Besucherparkplatz einbog, kam mir ein Polizeiwagen entgegen, der das Gelände soeben verließ.

Ich stellte mein Auto ab und ging zum Empfang. Aus alter Gewohnheit griff ich in meine Hüfttasche, um meine Marke hervorzuholen, nur um festzustellen, dass ich sie nicht mehr besaß.

Der Portier am Eingang hatte meine Bewegung bemerkt und meinte: „Sie kommen von der

Versicherung?"

Ich sah ihn nur abwartend an.

„Wenn Sie von der Versicherung sind", sagte er, „ gehören Sie aber zu der ganz schnellen Truppe." Er drückte auf den Summer und öffnete mir die Tür.

Ich ging hinein.

Ein Verwaltungsmitarbeiter wartete vor einem der Büros. Er schien ungeduldig zu sein. „Es ist allerhand zerstört worden, aber das habe ich Ihnen bereits am Telefon gesagt." Er ging ein paar Schritte vor mir her, bis wir in einen Raum kamen, in dem sich mehrere Aktenschränke befanden. Auf Tischen standen Computer, weitere PCs waren anscheinend heruntergestoßen worden. Sie lagen herum, die Bildschirme zerbrochen, die Gehäuse aufgeplatzt und verbeult.

„Da hat sich aber jemand ausgetobt", bemerkte ich.

„Ja", erwiderte der Verwaltungsmensch. „Das ist eine vollkommen sinnlose Zerstörung. Die Einbrecher sind gewaltsam eingedrungen und haben hier alles verwüstet."

„Die reinsten Vandalen", gab ich ihm recht. „Haben Sie denn keinen Sicherheitsdienst?"

„Dieser Bereich wird nachts nicht extra kontrolliert. Wir haben Wachen bei den gefährlichen Insassen. Aber hier? Hier gibt es nichts zu holen. Die Geräte sind alt, es handelt sich um ausrangierte Ware, die wir als Spende von einer Softwarefirma erhalten haben."

Weiter hinten sah ich einen Aktenschrank. Er war aufgebrochen, ein paar Leitz-Ordner lagen achtlos auf dem Boden, halb geöffnet, mit herausquellenden Papieren. Der Mitarbeiter folgte meinem Blick „Ja, auch die Unterlagen haben sie völlig durcheinandergebracht. Es wird Wochen dauern, bis wir die wieder geordnet haben. Unsere Azubis werden sich freuen."

„Was heben Sie da eigentlich auf?", fragte ich und deutete auf das Durcheinander.

„Diese Papiere?" Er ging hinüber und schaute hinein. „Ach, das sind Akten über Selbstmörder."

„Sie führen Akten über Selbstmörder?" Mein Puls beschleunigte, während ich ein möglichst unbedarftes Gesicht aufsetzte.

„Ja. Wenn jemand erfolglos versucht, Suizid zu begehen, kommt er für eine Weile zu uns, bis wir sicher sind, dass er seine Krise überwunden hat. Und über den Aufenthalt wird eine Akte angelegt, die irgendwann hier in der Registratur landet."

„Können Sie feststellen, ob etwas fehlt?"

Noch bevor der Verwaltungsmitarbeiter antworten konnte, hörte ich eine Männerstimme, die vom Eingang kam: „Warum interessiert Sie, ob hier Akten fehlen?"

Ich drehte mich um. Ein Mann stand in der Tür. Er trug einen Arztkittel und hatte fast keine Haare mehr auf dem Kopf. Seine dunklen Augen stierten mich über den Rand einer modernen Brille hinweg an.

„Warum erkundigen Sie sich nach fehlenden Akten?", wiederholte er. „Es handelt sich doch um einen ganz klaren Versicherungsfall, oder?"

„Wir müssen genau feststellen, was hier passiert ist. Wenn es der Einbrecher auf Akten abgesehen hat, dann ist das andere nur ein Begleitschaden. Das ist anders zu werten", erklärte ich im Brustton der Überzeugung.

„Das ist versicherungstechnisch relevant?", hakte der Arzt ungläubig nach.

„Das ist es in der Tat", antwortete ich mit

wichtiger Miene. „Sie können das in der Versicherungspolice nachlesen."

„Na gut", sagte er nach kurzem Zögern, „ wenn dem so ist… Ich habe vorhin schon in den Schrank hineingesehen. Es scheint alles da zu sein, bis auf die letzten fünf Jahre."

„Sie meinen, alle Berichte über Suizidversuche der letzten fünf Jahre sind gestohlen worden?"

„Exakt. Und ich kann mich nur wundern."

„Wieso? Können diese Unterlagen denn nicht benutzt werden, um z.B. jemanden zu erpressen?"

„Das ist bei diesen Berichten nicht möglich. Aus Gründen des Persönlichkeitsschutzes sind alle relevanten Angaben, die Rückschlüsse auf den jeweiligen Patienten erlauben würden, codiert. Ich kann mir nicht vorstellen, dass das jemanden interessieren kann, was wir hier archiviert haben."

„Aber irgendetwas muss es geben, sonst wären die Unterlagen noch da", beharrte ich.

„Die Berichte enthalten die Krankenakte und die Unterlagen zur Medikation. Wir heften ab, unter welchen Umständen der Suizid versucht wurde. Manchmal sind auch Fotos beigefügt."

„Sie halten in Bildern fest, mit welchen Mitteln jemand versucht, sich umzubringen?"

„Selbstverständlich. Methoden und Verletzungen, das ist die einfachste Art der Kategorisierung."

„Und was ist die häufigste Art der Selbsttötung? – Ich frage nur aus Interesse."

„Mit Tabletten, ganz eindeutig."

„Ah, mit Pillen. Und dann?"

„Sich aus dem Fenster oder von einer Brücke stürzen, das ist auch ziemlich beliebt - wobei da ein großer Abstand zu den Tabletten ist. Die Selbstmordkandidaten haben zwar vor, sich umzubringen. Aber sie wollen ihren Tod nicht wirklich mitbekommen. Ihr Ziel ist es in der Regel, sanft hinüberzuwechseln. Schmerzen und ein bewusst erlebter Todeskampf– das wählt nur ein bestimmter Typus Mensch für sein Ende aus. Jemand, der – wenn Sie so wollen – für etwas sühnen möchte.“

Jemand, der für etwas sühnen möchte – wiederholte ich die Worte des Arztes in meinem Kopf, während ich an Cornelia und Bernhard und ihre Wunden dachte. Ich gab meinem Gesicht einen mitfühlenden Ausdruck. „Haben Sie schon einmal erlebt, dass sich jemand bei lebendigem Leibe anzündet?“

Der Glatzköpfige betrachtete mich aufmerksam. „Wieso fragen Sie das?“

Ich zuckte mit den Schultern. „Nur so. Gestern stand in der Zeitung, dass sich jemand selbst verbrannt hat.“

„In welcher Zeitung?“, hakte der Arzt nach und sein Ausdruck wurde misstrauisch. „Mir ist das nicht aufgefallen.“

„Ach“, wiegelte ich ab, „das ist nicht so wichtig. Und ich will Sie auch nicht länger aufhalten.“ Ich wandte mich zum Verwaltungsmitarbeiter: „Ich gebe Ihnen meine E-Mail-Adresse und Sie schicken mir eine Aufstellung an mein Büro. Ich brauche Angaben, was alles abhanden gekommen, beziehungsweise zerstört worden ist. Wir werden den Schaden dann zügig begleichen.“

Der Mitarbeiter nickte.

„Ich denke, so kommen wir am schnellsten voran“, fuhr ich fort. „Ich habe mir jetzt einen Eindruck vom Zustand des Zimmers verschafft. Das müsste reichen.“

Der Verwaltungsmitarbeiter begleitete mich hinaus, wobei er mir ein paar Anekdoten über den glatzköpfigen Arzt verriet, der erst seit einigen Monaten im Krankenhaus arbeitete. Schließlich geleitete er mich durch die Pforte.

Ich verabschiedete mich, ging zu meinem Golf und sperrte die Tür auf.

Kaum saß ich im Auto, als ein Wagen neben mir hielt. Die Fahrerin stieg aus und ging zielgerichtet auf den Eingang zu. In ihrer Hand trug sie einen Aktenkoffer. Nach der Firmenaufschrift ihres PKWs zu urteilen, handelte es sich um die Vertreterin der Versicherungsgesellschaft.

Ich startete meinen Golf und machte, dass ich davon kam.

11

Professor Satorius wohnte in einem Haus aus der Gründerzeit, das in einem Villenviertel stand. Wagner wartete bereits davor, als ich meinen Golf zum Stehen brachte.

„Wo haben Sie Ihr Auto geparkt?“, fragte ich ihn zur Begrüßung.

Wagner lächelte. Er wirkte ein klein wenig verlegen. „Ich besitze keinen Führerschein.“

„Sie haben keinen Führerschein?“

„Nein. Entweder komme ich zu Fuß an mein Ziel, oder ich nehme ein Taxi.“

„Was für eine versnobte Einstellung!“, sagte ich. „Ihre reichen Eltern haben Sie wohl zu sehr verwöhnt.“

Schlagartig verschwand das Lächeln aus Wagners Gesicht. Es kam mir vor, als hätte ich ein Thema angeschnitten, das ich besser hätte vermeiden sollen.

Wir waren gerade durch das schmiedeeiserne Gartentor getreten, als die schwere Eingangstür aus

Eiche geöffnet wurde. Ein schlanker Mann, rund siebzig, stand auf der Schwelle und beäugte mich kritisch. Als er meinen Begleiter sah, breitete sich ein Lächeln auf seinem Gesicht aus. „Hallo Paul!", sagte er.

„Lorenzo!" - Wagner wandte sich mir zu. „Frau Steinbach, ich möchte Ihnen Lorenzo Falcone vorstellen, der…, der aus Professor Satorius Leben nicht wegzudenken ist."

Ich verstand nicht sofort, was Wagners Umschreibung bedeuten sollte und um die braunen Augen Lorenzos bildeten sich kleine Lachfältchen. „Sie müssen verzeihen, Frau Steinbach. Paul legt stets allergrößten Wert auf Diskretion. Ich hingegen, nehme ungern ein Blatt vor den Mund. Ich bin Sekretär, Koch, Vertrauter und Lebenspartner des Professors."

Lorenzo wartete ab, welchen Eindruck seine Worte auf mich machten. Er war mir auf Anhieb sehr sympathisch und er schaffte es spielend, das von meinem Gesicht abzulesen. Seine Lachfältchen vertieften sich und seine Augen strahlten Wärme aus.

„Schön", sagte ich. „Herr Falcone, es ist mir ein Vergnügen, Sie kennenzulernen."

„Nennen Sie mich Lorenzo, mia cara", bat er mit seiner melodiösen Stimme, in der ein italienischer Akzent mitschwang.

Ich reichte ihm die Hand.

„Na, dann kommt mal herein. Der Professor wartet schon auf euch."

Wir durchschritten den großzügigen Eingangsbereich, der offensichtlich als Garderobe diente und betraten anschließend einen Raum, mit der größten Bibliothek, die ich jemals in einem Privathaus gesehen hatte. Unzählige leinen- und ledergebundene Bücher in allen möglichen Größen bedeckten sämtliche Wände. Der Boden bestand aus schmucklosem aber zweifelsohne extrem teurem Parkett. Mehrere Ledersessel gruppierten sich um einen offenen Kamin.

Lorenzo führte uns durch eine weitere Tür. Wir durchquerten ein Esszimmer in dessen Hintergrund ich eine professionell wirkende Küche ausmachen konnte, die lediglich durch einen Tresen abgetrennt war. Dann gelangten wir in einen Wintergarten, der mehr einem Gewächshaus glich. Trübes Herbstlicht drang durch die deckenhohen Fenster. Überall im Raum standen Orchideen und andere exotische Blühpflanzen, deren Namen ich nicht kannte. Die Luft kam mir angenehm weich vor. Hier war es warm, wie an einem milden Frühsommertag, und ein filigraner Duft umgab uns.

Ein kräftiger Mann mit weißen Haaren arbeitete an einem Laptop. Er saß mit dem Rücken zu uns. Als er uns kommen hörte, betätigte er einen Hebel an seinem Rollstuhl und fuhr herum, um uns zu begrüßen.

„Frau Steinbach“ – es war mehr eine Feststellung, als eine Frage.

Ich nickte.

„Ich habe schon viel von Ihnen gehört“, sprach er weiter.

Ich wusste nicht, ob das etwas Gutes zu bedeuten hatte und bemühte mich um ein Lächeln. „Ich nehme an, Sie sind Professor Satorius?“, erwiderte ich.

Jetzt nickte der Professor. „Selbstverständlich haben Sie mich gegoogelt“, stellte er trocken fest.

„Selbstverständlich habe ich das, sobald mir Herr Wagner angekündigt hatte, dass wir Sie heute besuchen werden. Aber ich habe nicht allzu viel erfahren“, gab ich ihm mindestens ebenso trocken zurück und er schien amüsiert.

„Paul“, fuhr Professor Satorius fort und wandte sich Wagner zu. „Schön, dass du wieder einmal zu uns gefunden hast. Lorenzo hat sich schon Sorgen gemacht, insbesondere seit gestern Abend, als du uns von deiner Verletzung am Telefon erzählt hast.“

Paul brachte ein entschuldigendes Lächeln zustande. „Du weißt doch, Prof, ich war beschäftigt.“

Lorenzos Stimme klang besänftigend. „So haben wir dich aber nicht erzogen, junger Mann, dass du uns mit Ausflüchten kommst. Wie geht es deinem Hals?“

Paul rückte sich den Kragen zurecht, um die verräterischen Pflaster zu verdecken. „Ach“, wiegelte er ab, „halb so wild. Frau Steinbach passt gut auf mich auf und hat mich bestens verarztet.“

Der Blick des Professors eilte von Paul zu mir. „Allem Anschein nach müssen wir Ihnen dankbar sein, Frau Steinbach.“

„Müssen Sie nicht. Wenn ich es richtig verstehe, gehört es zu meinem Job“, meinte ich betont beiläufig.

Die Augen des Professors hielten mich länger fest, als mir lieb war. Sie strahlten vor starker Willenskraft und straften sein wahres Alter Lügen.

„Aber was bin ich nur für ein Gastgeber!“, sagte er schließlich. „Wollen Sie nicht vielleicht Platz nehmen?“ Er wies auf eine Sitzgruppe aus Rattan.

Der geflochtene Sessel quietschte leicht unter meinem Gewicht, aber er war bequem.

Lorenzo war stehen geblieben und sah uns fragend an. „Möchtet ihr beide etwas trinken? Der Professor und ich nehmen um diese Zeit immer unseren Tee.

Aber zumindest für Paul ist das nichts. Er hasst Tee. …Ich kann auch mit Kaffee dienen."

„Ein Kaffee wäre wunderbar", sagte Wagner und ich bestätigte mit einem kurzen Lächeln in Lorenzos Richtung.

„Frau Steinbach, Sie sind nicht mehr bei der Polizei", nahm Satorius das Gespräch wieder auf, während Lorenzo in die Küche ging.

„Das ist korrekt. Diese Phase meines Lebens liegt hinter mir."

Die wasserblauen Augen von Satorius waren erneut auf mich geheftet. Langsam kam ich mir wie in einem Verhör vor.

„Aber Sie tragen eine Waffe."

„Wie es der Zufall so will, habe ich heute früh meine Lizenz zurückbekommen."

„Ach", sagte er und seine Miene war gespielt unschuldig.

„Ich war sehr erfreut, aber ich weiß nicht, bei wem ich mich bedanken soll."

Satorius lächelte. „Bedanken Sie sich am besten bei Paul, er kann sehr überzeugend sein."

Schweigen senkte sich auf uns herab und Satorius machte keine Anstalten, die Stille zu durchbrechen. Mir gefiel es, so dazusitzen – in der Wärme, umgeben von den exotischen Pflanzen und abgeschirmt von der Welt.

Lorenzo kam zurück, servierte uns die Getränke und setzte sich ebenfalls.

Der Kaffee war, wie er sein sollte: schwarz, heiß und stark.

„Was haben Sie herausgefunden?", fragte mich Satorius.

„Die einzigen Parallelen, die wir bislang finden

konnten, sind das Alter der Opfer und dass sie beide mit dem Bistum verbunden waren. Hinzu kommen diese rätselhaften Verletzungen. Die sind bei beiden nahezu identisch. Warum das so ist, und aus welchen Gründen sie sich so grausam selbst gequält haben, können wir nicht sagen."

„Ich habe Frau Steinbach gestern von den beiden anderen Selbstmorden erzählt", ergänzte Wagner.

„Frau Steinbach, kennen Sie die Details dieser früheren Suizide?", fragte mich Lorenzo.

„Nenn mich doch Anne", sagte ich. „Und um auf deine Frage zu antworten: Herr Wagner hat mich nur ganz allgemein informiert. Mehr Zeit hatten wir gestern nicht."

Lorenzo lächelte. „Also gut, dann Anne!"

Satorius hüstelte und stellte seinen Tee ab. Das Porzellan klirrte leise. „Es waren zwei Jugendliche. Ein Junge und ein Mädchen. Man hatte gar nicht gewusst, dass sie ein Pärchen waren, aber sie sind zusammen ins Wasser gegangen – aneinandergebunden und mit selbstgemachten Gewichten beschwert."

„Selbstmord bei verliebten Teenagern – das kommt leider viel zu häufig vor", sagte ich.

„Das schon. Aber beide wiesen Brandspuren an den Extremitäten auf, ihre Arme waren gebrochen und sie hatten tiefe Wunden an den Händen."

„Stichwunden, wie von Nägeln?", fragte ich.

Satorius zuckte mit den Schultern. „Das wissen wir nicht. Das wurde damals auch nicht genau untersucht. Dazu bestand keine Veranlassung. Man nahm an, die beiden hätten sich aus Liebeskummer das Leben genommen. Aber jetzt, im Nachhinein…" Satorius verstummte.

„Wie sind Sie überhaupt auf diese ersten beiden Selbstmorde aufmerksam geworden?“, erkundigte ich mich.

„Nun, das war wirklich ein Zufall. Die damalige Amtsärztin, Frau Dr. Hofmann, die die Totenscheine für die zwei Jugendlichen ausgestellt hat, betreibt in der Nähe eine große Praxis. Sie ist in der Diözese von jeher sehr aktiv und ihr fielen die Gemeinsamkeiten auf, als ich mit ihr einige medizinische Details im Zusammenhang mit Cornelias Suizid erörtern wollte.“

„Herr Wagner meinte, es gäbe kaum Aufzeichnungen über diese ersten beiden Todesfälle. Hat Frau Dr. Hofmann vielleicht noch etwas, das uns weiterhelfen könnte?“

Lorenzo meldete sich zu Wort. „Leider nein. Frau Dr. Hofmann besitzt keine privaten Unterlagen über ihre Tätigkeit als Amtsärztin. Für sie war das damals ein – wenn auch trauriger – Routinefall. Ich bin der Sache in den letzten Wochen gründlich nachgegangen. Ich war überall. Das einzige, was ich fand, war eine absolut unpersönliche Aktennotiz der Polizei. Keine Fotos. Nicht einmal eine Autopsie wurde durchgeführt. Ich entdeckte lediglich in einem Nebensatz den Hinweis, dass die beiden wohl schon einmal zuvor versucht hatten, aus dem Leben zu scheiden, jedoch gescheitert waren.“

Wagner beugte sich vor, seine gesamte Haltung hochkonzentriert. „Personen, die erfolglos versuchen, sich umzubringen, werden im Bezirkskrankenhaus behandelt. Frau Steinbach hat mich gestern darauf gebracht….“ Wagner wandte sich mir zu: „Hatten Sie Zeit und Gelegenheit, das zu überprüfen?“, fragte er mich.

„Ich war heute früh im Bezirkskrankenhaus. Und

es ist tatsächlich so, dass die dort Akten über fehlgeschlagene Suizide aufbewahren“, meinte ich.

„Und? Hast du die Papiere einsehen können? Oder könnten wir nochmals hin und gezielt nach den beiden Jugendlichen forschen?“, erkundigte sich Lorenzo bei mir.

Bedauernd schüttelte ich den Kopf. „Das würde wenig Sinn machen. Heute Nacht gab es dort einen Einbruch und die Unterlagen der letzten fünf Jahre sind gestohlen worden.“

Unser Gespräch brach ab. Es war, als würde ein kalter Hauch durch den Raum ziehen.

„Dann ist es wahr“, sagte Satorius in die Stille. „Die Selbstmorde haben eine Verbindung. Und irgendjemand will verhindern, dass wir sie erkennen. Wir liegen richtig mit unseren Vermutungen.“

„Vielleicht handelt es sich bei den Einbrechern um die gleichen Personen, die gestern Herrn Wagner und mich angegriffen haben. Die wollten auch nicht, dass wir Licht in die Angelegenheit bringen“, sagte ich.

„Wir lassen uns aber nicht einschüchtern“, warf Wagner ein und sein Gesicht hatte einen Ausdruck angenommen, den ich bislang nicht an ihm kannte. „Wir werden der Sache auf den Grund gehen.“

„Und dazu brauchen wir das Motiv“, ergänzte ich. „Sie kennen die Fotos der letzten beiden Verstorbenen?“, fragte ich Satorius.

Satorius betrachtete mich interessiert. „Was möchten Sie dazu wissen?“

„Nun“, meinte ich. „Vier Menschen begehen Selbstmord und tragen identische Male, die sie sich selbst zugefügt haben. Wir müssen vermuten, dass diese Wunden eine tiefere Bedeutung haben. Und über diese Bedeutung kommen wir vielleicht zum

Motiv. Zum Motiv, das hinter diesen Suiziden steckt."

Der Professor antwortete nicht sofort. Schließlich begann er zu nicken und er fuhr sich mit seiner Rechten über die Schläfe. „Natürlich hat das eine Bedeutung. Aber das hängt auch von der Zeit ab. Im Mittelalter zum Beispiel, war es durchaus üblich, einem Dieb den Arm zu brechen. Auch die Verletzung mit Nägeln war weit verbreitet."

„Waren das Strafen?", erkundigte ich mich.

„Ja, so könnte man das nennen. Hauptsächlich entstanden diese Verletzungen jedoch bei der sogenannten *Befragung*."

„Also bei der Folter", konkretisierte ich, „um ein Geständnis zu erpressen."

Professor Satorius nahm die Sache sehr ernst. „Im Mittelalter ging man davon aus, dass eine Befragung - Folter, wenn Sie so wollen - ein durchaus legitimes Werkzeug sei, um jemanden dazu zu bringen, die Wahrheit zu sagen. Aussagen, die unter der Folter gemacht wurden, wurden keinesfalls angezweifelt."

„Aber das ist schon lange her", fasste ich nach. „Kann es sein, dass es in unserer heutigen Zeit auch solche Praktiken gibt? Dass man sich bewusst auf diese Art und Weise verletzt? Zum Beispiel, um zu sühnen? Sie verstehen, was ich meine?"

„Ja, ich verstehe sehr gut, worauf Sie hinauswollen. Und nein, ich habe von solchen Praktiken in der Gegenwart noch nicht gehört. Ich kann mich an nichts Vergleichbares erinnern."

„Wenn du dir die Fotos anschaust", mischte sich Wagner in unser Zwiegespräch ein, „was ist die erste Assoziation, die du da hast, Prof?"

„Meinst du die Verletzungen, oder die Selbstmorde?"

Wagner zuckte die Schultern. „Vielleicht beides, aber bleiben wir zunächst einmal bei den Verletzungen."

„Wenn ich nach meiner Meinung gefragt würde: Mein erster Eindruck war, dass diese armen Menschen gefoltert wurden, um von ihnen ein Geständnis zu erpressen."

„Es steht aber eindeutig fest", sagte ich, „dass sich beide Toten diese Wunden selbst beigebracht haben."

„Ja, das scheint mir auch und das ist mir vollkommen rätselhaft", antwortete der Professor.

Mir fielen keine weiteren Fragen ein. Ich trank meinen Kaffee aus und erhob mich, um zu gehen. Auch Wagner und Lorenzo standen auf.

Satorius sagte: „Paul und Lorenzo, habt ihr etwas dagegen, wenn ich mit Frau Steinbach nochmals kurz unter vier Augen spreche?"

Wagner sah erstaunt zu Satorius und dann zu mir. Lorenzo blickte zu Boden. Schließlich nickte Wagner und entfernte sich mit Lorenzo. An der Tür blieb er stehen und drehte sich noch einmal um.

„Ich warte draußen", sagte er unnötigerweise.

„Ja", antwortete ich mit einem kleinen Lächeln. „Ich komme gleich nach."

Satorius wartete, bis Lorenzo die Tür hinter Wagner und sich geschlossen hatte. „Was halten Sie wirklich von der Sache?"

„Da scheint mehr dahinterzustecken, als man auf den ersten Blick erkennen kann. Vielleicht waren es gar keine Selbstmorde, sondern verkappte Morde. Aber in welcher Beziehung die einzelnen Vorfälle zueinander stehen – und das scheint mir die wichtigste Frage zu sein - ist mir noch nicht klar", gab ich ihm zur Antwort.

Satorius wechselte blitzschnell das Thema „Wie stehen Sie zu Paul?“

„Er ist bemüht. Er gibt sein Bestes. Er ist sehr gründlich und geht methodisch vor“, meinte ich und war erstaunt darüber, warum ich in mir das Bedürfnis verspürte, Wagner zu verteidigen.

„Er war in Lebensgefahr.“

„Er scheint Ihnen viel zu erzählen“, konstatierte ich.

Satorius bemühte sich um ein müdes Lächeln. „Paul vertraut mir und Lorenzo so ziemlich alles an.“

Ich blickte in seine wasserblauen Augen und meinte: „Sie sind doch nicht sein Beichtvater, oder?“

„Wenn ich es wäre, würde ich es Ihnen nicht sagen. Aber nein, Lorenzo und ich sind so etwas, wie seine Familie.“

„War das alles, was Sie wissen wollten?“, fragte ich, während ich in sein Gesicht herabblickte.

„Eigentlich wollte ich wissen, ob Sie loyal sind.“

„Und, habe ich den Test bestanden?“

Satorius nickte einmal. „Das haben Sie. Voll und ganz. …Und passen Sie auf sich auf. Sorgen Sie mir dafür, dass Paul nichts geschieht.“

Diesmal nickte ich und probierte gar nicht erst, zu lächeln.

Ich wandte mich von Satorius ab, um den Wintergarten zu verlassen. Als ich mich zurückdrehte, um die Tür zu schließen, sah ich, dass sich der Professor bereits wieder seinem Computer widmete. Auf dem großen Bildschirm erschien die Darstellung einer Skulptur. Ein steinernes Monster mit langen Flügeln, Klauen und Hörnern fletschte ihm und mir seine Reißzähne entgegen.

Satorius beachtete mich nicht mehr.

12

Wagner wartete im Vorgarten auf mich. Er hatte sich einen Zigarillo angezündet, rauchte mit dem Rücken zum Haus und streifte seine Asche in einen Blumenkübel ab.

„Wenn Sie Lorenzo dabei erwischt, werden Sie Probleme bekommen", begrüßte ich ihn.

Als einzige Antwort nahm Wagner einen weiteren tiefen Lungenzug, bevor er die Kippe in die Erde des Kübels drückte, bis sie gänzlich verschwunden war. Er stellte mir keine Fragen über das, was ich mit Satorius besprochen hatte. Stattdessen stiegen wir in meinen Golf und ich ließ den Motor an. Langsam fuhren wir Richtung Autobahn, um nach Hause zu kommen.

„Was ich nicht verstehe, ist, warum dieser Mann in Bernhards Wohnung… - warum der uns angegriffen hat", begann er nach einer Weile.

„Er und sein Komplize hatten vor, uns umzubringen", sagte ich.

„Schon, aber waren die wirklich vorrangig da, um uns zu töten, oder hatten die eigentlich andere Gründe?"

„Wie meinen Sie das?"

„Hielten die sich dort auf, um uns eine Falle zu stellen, oder haben wir die bei irgendetwas gestört und sie mussten umplanen, und – sozusagen – ihre Spuren beseitigen?"

Ich dachte nach. „Eine gute Frage. Das würde aber bedeuten, dass zumindest der eine Typ einen anderen Grund hatte, in der Wohnung zu sein. Das Apartment war durchsucht worden."

„Wozu durchstöbert man eine Wohnung?", sagte Wagner mehr zu sich selbst.

„Weil man etwas finden will."

„Genau. Und das bedeutet, dass dieses Etwas vielleicht noch dort ist."

Ich trat hart auf die Bremsen, wendete den Wagen und wir fuhren erneut zu dem Studentenwohnheim.

Die Lobby war noch immer verlassen, kein Mensch weit und breit. Wir gingen hinauf zu Bernhards Apartment und Wagner zog einen glänzenden Schlüssel aus der Tasche.

„Ich habe heute früh das Schloss auswechseln lassen", erklärte er auf meinen fragenden Blick.

Ich prüfte das Holz der Tür. Nichts war aufgebrochen, zerkratzt oder beschädigt. „Da hat sich in der Zwischenzeit keiner dran zu schaffen gemacht."

Wagner sperrte auf. In der Wohnung war es noch immer stickig, es roch schlecht und die Gardinen an den Fenster verhinderten die Sicht nach draußen. Ich betätigte den Lichtschalter und eine Sparlampe an der Decke begann, ihr kaltes Licht in den Raum zu werfen.

Die Vorhänge hakten. Ich schob einige Computerteile, die am Boden auf einem Haufen lagen, mit dem Fuß beiseite, um besser an das Fenster heranzukommen. Erst dann gelang es mir, die Vorhänge zurückzuziehen.

Hinter mir klapperte es. Wagner begann, die Schränke zu öffnen und die restlichen Kleidungsstücke, die sich noch darin befanden, zu den anderen auf das Bett zu legen.

Jacken, Hosen, ein paar Pullover - wir griffen in die Taschen, untersuchten die Säume und jede einzelne Falte. Irgendwo mussten wir etwas finden, dessen Besitz es wert war, dafür zu töten.

Außer ein paar gebrauchten Papiertaschentüchern kam nichts zutage.

An den Wänden hingen Fotografien in angestaubten Glasrahmen. Wir nahmen sie herunter, lösten die Halterungen, um hinter die Bilder zu blicken. Wir durchsuchten jede einzelne der Aufnahmen auf diese Art und Weise, fanden aber nichts.

In der Küche durchforstete ich den Kühlschrank, ohne jedes Resultat.

Auf der Arbeitsplatte stand eine Schüssel mit nahezu schwarzen, geschrumpelten Kirschen, die vor sich hin moderten. Ich leerte sie aus, doch auch hier wurde ich nicht fündig.

Ich wechselte ins Bad und baute den Deckel vom Spülkasten ab, um hineinzublicken. Fehlanzeige.

Ich klopfte jede einzelne Kachel ab, um zu prüfen, ob sich darunter ein Hohlraum befand. Erfolglos.

Ich öffnete den Revisionsschacht der Dusche. Auch er war leer.

In dem Appartement war nichts verborgen -

vielleicht nicht mehr, vielleicht war auch nie etwas dort gewesen.

Ich kehrte in den Wohn- und Schlafraum zurück, setzte mich auf den Schreibtisch und beobachtete Wagner, der mit einem Stapel alter Zeitungen beschäftigt war. Er faltete sie auseinander und schüttelte sie aus. Er arbeitete erstaunlich gründlich.

„Und?“, fragte ich.

Wagner wirkte deprimiert. „Hier ist nichts - ...oder es ist so gut verborgen, dass wir es einfach nicht finden können.“

„Wenn wir davon ausgehen, dass die anderen keinen Erfolg hatten und wir jetzt auch nicht, dann ist das, was wir suchen, vielleicht zu klein oder zu unbedeutend, als dass es uns auffällt.“

„Es muss an einer Stelle sein, an die man nicht denkt.“

„...Oder, genau dort, wo man es zunächst suchen würde – aber dann in einer Form, dass man es übersieht“, ergänzte ich.

Ich wandte mich dem Computerschrott zu, den ich vorhin achtlos beiseitegeschoben hatte. Nichts erregte meine Aufmerksamkeit. Ich nahm eine ausgeschlachtete Tastatur hoch. Darunter befand sich ein Kartenlesegerät, das zumindest von außen noch durchaus brauchbar aussah. Ich betrachtete es genauer, wobei ich es in meinen Händen drehte. Etwas klapperte auf den Boden. Die Speicherkarte einer Kamera lag vor mir. Ich hob sie auf und zeigte sie Wagner.

„Das wird es sein“, sagte er.

13

Der PC in Wagners Wohnung übertraf meinen mickrigen Laptop um Längen. Wagner besaß ein richtiges Markenprodukt. Hochauflösend und präzise zeigte sein Bildschirm alle Details. Details, bei denen sich mir der Magen umdrehte. Jungen in verschieden Posen – einmal nackt, einmal bekleidet. Und ein Mann, der ihnen Dinge antat, die ich lieber nicht gesehen hätte.

Wir hatten bereits rund hundert Bilder gesichtet – eines scheußlicher als das andere. Der Mann hatte sich so positioniert, dass man sein Gesicht nicht erkennen konnte. Andere Teile seines Körpers waren dafür stets überdeutlich auszumachen.

Irgendwann aber, hatte er seine Vorsicht vergessen. Ein Großteil seines Profils war abgelichtet - vor Vergnügen und Lust verzerrt, der Mund halb offen. Es handelte sich um einen Mann Mitte dreißig. Und dieser Mann war eindeutig nicht Bernhard.

Wagner bearbeitete das Bild und vergrößerte es.

Dann druckten wir es aus.

Wagner ließ es auf den Computertisch fallen und fuhr den PC herunter. Er sprach kein Wort.

„Wenn das kein Motiv ist", sagte ich.

Er blieb stumm. Er nickte nur, fasste sich mit beiden Händen an die Schläfen und drückte dagegen. „Wie kann man Kindern so etwas antun? Wie kann man solche Verbrechen begehen und sich dabei aufnehmen lassen?"

„Derartige Fotos haben einen immensen Wert in gewissen Internetkreisen", entgegnete ich.

„Ja, natürlich", sagte Wagner und er klang ernüchtert. „Das weiß ich, aber…", Er schüttelte den Kopf.

„Wenn der Täter…", ich tippte auf die Vergrößerung des Bildes vor uns, „wenn der Täter wusste, dass Bernhard die Fotos hatte, dann wollte er wahrscheinlich alles tun, um zu verhindern, dass wir oder jemand anders sie in die Hände bekommen."

„Dann musste er aber von unserer Untersuchung wissen. Und nur ein kleiner interner Kreis unserer Diözese ist darin eingeweiht, dass wir den Suiziden nachgehen." Wagner verstummte, hob das Foto an und betrachtete es erneut.

„Das ist die logische Konsequenz", sagte ich. „Der Mann auf dem Foto weiß von unserer Existenz. Er ist sich bewusst, dass wir ihm auf der Spur sind. Und er hat Angst davor, aufzufliegen."

Wagner wirkte noch immer wie am Boden zerstört. „Wenn man diese Bilder sieht, muss man doch den Glauben an die Menschheit verlieren."

„Das kann man", stimmte ich ihm zu, „muss man aber nicht. Man kann sich auch sagen, dass es sich um einen kranken Verbrecher handelt."

Wagner langte zu mir hinüber, legte seine Hand auf meine und drückte sie.

Ich stand auf. „Sehen wir uns morgen?“

Wagner wollte sich ebenfalls erheben.

„Bleiben Sie ruhig sitzen“, meinte ich. „Und übrigens, das mit dem Siezen finde ich langsam albern. Wir haben zusammen einen guten Scotch geleert, wir wären beinahe umgebracht worden und heute haben wir uns diese Perversitäten ansehen müssen. Ich glaube, wir können wirklich zum *Du* übergehen.“

Wagner blickte zu mir auf und zwang sich zu einem Lächeln. „Wenn du meinst.“

„Na, also!“, sagte ich.

Wieder machte Wagner Anstalten, sich zu erheben.

„Bleib sitzen. Ich finde schon alleine raus“, sagte ich und ging.

14

Zuhause angekommen, stellte ich fest, dass das Lämpchen meines Anrufbeantworters pulste. Ich hörte ihn ab. Eine Stimme forderte mich auf, zurückzurufen. Lange saß ich vor dem Telefon und konnte mich nicht entscheiden, was ich tun sollte. Dann wählte ich doch die Nummer.

„Hallo Mama“, sagte ein Kind am anderen Ende.

„Hallo Julia“, antwortete ich und sah sie im Geiste vor mir stehen, mit ihrem blonden langen Haar, das ihr bis fast zur Taille reichte und ihrem Pony, unter dem zwei grüne Augen frech hervorblitzten.

„Schön, dass du dich meldest, Mama!“

„Sicher doch. Ich wollte ohnehin schon längst anrufen“, antwortete ich ihr, um dann anzuhängen: „Und wie geht’s?“ – ich wusste nicht, was ich sonst hätte sagen sollen.

„Gut, Mama. Es ist nur so… manchmal, …ganz manchmal…, vermisse ich dich.“

Ich erwiderte nichts. Ich konnte kein Wort herausbringen.

„Abends“, fuhr sie fort, „erzählt Papa immer eine Geschichte. Früher bist normalerweise du gekommen. Deine Geschichten waren viel besser.“

„Was macht Papa?“, fragte ich.

„Ach, der muss viel arbeiten.“

„Und wie geht's in der Schule?“

„Macht schon Spaß – obwohl, es wäre mal wieder Zeit für Ferien. Schule strengt an.“

Wir unterhielten uns eine ganze Zeitlang. Sie erzählte von einer Freundin, bei der sie am Wochenende über Nacht geblieben war und von einem Kindergeburtstag. Es klang fast so, als würde eine normale Mutter mit ihrem Kind sprechen. Nur, dass ich mein Kind nicht sehen durfte.

Ich gab ihr das Versprechen, bald wieder anzurufen, in dem Wissen, dass ich log, und verabschiedete mich von ihr.

Allein saß ich auf meinem Stuhl, blickte zum Telefon und verschränkte meine Arme. Ich drückte sie fest an mich, bis ich fürchtete, keine Luft mehr zu bekommen.

Ich wollte keine Medikamente mehr.

Ich würde es auch ohne sie schaffen.

...Und dann, irgendwann könnte ich meine Tochter besuchen und vielleicht sogar einen ganzen Nachmittag mit ihr verbringen.

Irgendwann.

Das zumindest war ein schöner Gedanke.

15

Durchgeschwitzt vom Joggen kletterte ich am nächsten Morgen die Treppen zu meiner Wohnung empor. Anfangs nahm ich noch mehrere Stufen auf einmal, doch ab dem zweiten Stock fiel es mir merklich schwerer. Schließlich gelangte ich in die vierte Etage vor meine Tür.

Schwer atmend suchte ich nach dem Schlüssel in der Jacke, als ich es sah. Die Tür war nicht verschlossen. Sie stand einen Spaltbreit offen.

Obwohl ich gerade noch erhitzt gewesen war, durchströmte mich schlagartig eine Eiseskälte. Ich schob die Goretex-Jacke am Rücken hoch, fand den Gummigriff meiner Automatik und zog sie heraus. Ich hielt sie schräg nach oben, damit die Betätigung des Sicherungshebels kein Geräusch machte. Gespannt war die Waffe ohnehin.

Ich fasste die Automatik mit beiden Händen, legte vorsichtig eine Fußspitze in den Türspalt, ließ die Tür nach innen schwingen und sprang in den Raum.

Die Mündung der Waffe deutete auf die Brust von Paul, der gerade aus meiner Küche kam. Er balancierte ein Tablett, auf dem zwei Tassen und einige Teller standen.

„Hallo“, begrüßte er mich freudig.

Ich atmete hörbar aus, zögerte aber, die Mündung von seiner Brust zu nehmen.

„Erschießt du alle, die es wagen, dir ein Frühstück zu machen?“, fragte er grinsend.

„Ich erschieße nur die, die unerlaubt in meine Wohnung kommen.“

„Nun, so ganz unerlaubt bin ich ja nicht hier“, meinte Paul.

„Wieso? Habe ich irgendetwas nicht mitbekommen? Habe ich dir einen Schlüssel überlassen?“

„Du nicht, aber dein Hausmeister.“

„Ach ja?“

„Ich habe ihm gesagt, ich wäre dein Arbeitskollege – und das bin ich ja schließlich auch – obwohl ihn das nach seinem Gesichtsausdruck zu urteilen, etwas überrascht hat. Und außerdem…, als Priester hat man gewisse Vorteile.“

„Viele nehmen an, dass Priester immer die Wahrheit sagen“, stichelte ich.

„So ist es“, pflichtete mir Paul bei. „Und jetzt steh‘ hier nicht so ‘rum. Das Essen ist in wenigen Minuten fertig. Du kannst dich inzwischen zurechtmachen.“

Ich bewegte den Lauf meiner Automatik von ihm weg, sicherte die Waffe und verstaute sie an ihren Platz auf meinem Rücken. Paul ging ohne jede Hast zum Couchtisch und begann, aufzudecken. Ich wusste nicht, was ich wegen dieser Impertinenz sagen sollte, also begab ich mich lieber ins Bad.

Es dauerte nicht lange, bis ich geduscht und frisch

angezogen zurückkam. Inzwischen standen neben dem Kaffee auch Rühreier und Toast auf dem Tisch. Paul saß dahinter und sah mich erwartungsvoll an.

„Kann ich hier rauchen?", fragte er.

„Untersteh' dich!"

Die Eier sahen gut aus. Es war lange her, dass ich in Gesellschaft gegessen hatte. Wir frühstückten schweigend.

„Ok", durchbrach ich die Stille. „Was ist los? Warum kommst du zu dieser gottlosen Stunde und erschrickst mich halb zu Tode?"

Paul griff sich eine der Papierservietten, die er allem Anschein nach mitgebracht hatte und tupfte sich die Lippen ab. Er nahm noch einen Schluck von seinem Kaffee, dann seufzte er und lehnte sich in seinem Sessel zurück. „Das Bild, das wir ausgedruckt haben. Das mit dem halben Kopf."

„Was ist damit?"

„Cornelia und Bernhard stammten aus unserer Diözese. Und gestern Abend habe ich mit dem Prof, also mit Professor Satorius, telefoniert und ihm einige Bilder gemailt. Wir haben darüber nachgedacht… - Vielleicht handelt es sich bei dem Unbekannten auch um jemanden, der…" Paul verstummte und ich führte seinen Gedankengang weiter: „…auch um ein Mitglied des Bistums, meinst du?"

Paul nickte. „Der Prof hat mir geraten, das Foto des Gesichts an die verschiedenen Sekretariate zu schicken."

„Und?"

„Wenn ihn jemand kennt, werden wir das im Laufe des Tages wissen."

„Was machen wir bis dahin?"

„Ich habe uns einen Termin bei Frau Dr.

Hofmann verschafft."

„Die Ärztin, die die Totenscheine für das junge Pärchen ausgestellt hat?"

„Ja. Sie erwartet uns gegen zehn Uhr."

„...Lass mich raten: ich fahre."

Pauls Lächeln wirkte ansteckend. „Zum Laufen ist es etwas zu weit."

„Dann mach ich mich mal fertig", sagte ich und stand auf.

Als ich den Raum schon fast verlassen hatte, drehte ich mich nochmals um. „Übrigens, das mit dem Frühstück war eine sehr nette Idee."

Paul sah mich an. Sein Lächeln wurde wärmer. „Das war auch mein Gedanke. Ich weiß, wie schwer es ist, immer allein zu essen."

Ich ging in mein Schlafzimmer und holte meine Wolljacke. Der Tag versprach, kühl zu werden.

16

Frau Dr. Hofmann wohnte außerhalb der Stadt in einem älteren, unauffällig grau gestrichenen Haus am Rande eines Waldgebiets.

Der Zaun, der das riesige Anwesen der Ärztin umgab, stach mir sofort ins Auge. Er war aus auffallend schönem Holz gearbeitet und kunterbunt gestrichen. Im Vorgarten waren mehrere Skulpturen effektvoll platziert - große ehemalige Baumstümpfe, fein gesäubert, von Rinde und Belag befreit und mit Schmirgelpapier geglättet. Die ihnen verbliebenen Äste erinnerten an Arme, die sich gen Himmel streckten. Daneben war ein Spielhaus für Kinder aufgebaut. Auch das Häuschen war bunt gestaltet und wirkte, als wäre es direkt dem Märchen Hänsel und Gretel entsprungen. Offensichtlich war hier jemand künstlerisch tätig.

Wir betraten die Praxis und kamen in etwas, was auf den ersten Blick wie ein Wohnzimmer aussah und sich bei näherer Betrachtung als Wartebereich entpuppte. Sessel standen dort, zu Gruppen arrangiert. Die Wände in zarten Pastelltönen gestrichen, dazu passende Bilder, ein Wasserspender – sogar eine prächtige, randvoll gefüllte Bonboniere aus schwerem Kristallglas fehlte nicht. Alles war so gehalten, dass sich die Patienten wohlfühlten.

Heute, am Samstag, lag das Wartezimmer verwaist vor uns.

Eine Frau in den Fünfzigern kam herein. Ihr schwarzes Haar sah natürlich aus, obwohl es gefärbt war. Ihre großen Augen leuchteten gefühlvoll.

„Ah, Herr Wagner! Schön, Sie zu sehen!“, begrüßte sie Paul und in ihrer Stimme schwang Herzlichkeit.

Paul ergriff ihre ausgestreckte Hand und schüttelte sie. „Frau Dr. Hofmann, darf ich Ihnen Frau Steinbach vorstellen? Wie ich Ihnen am Telefon bereits angekündigt habe, hat sie einige Fragen an Sie.“

Die Ärztin wandte sich mir zu. Sie strahlte eine außergewöhnliche Energie aus, was ich erst jetzt bemerkte, als sie ihre Aufmerksamkeit auf mich richtete. „Frau Steinbach? Wie kann ich Ihnen helfen?“

„Professor Satorius meinte, Sie hätten damals die Selbstmorde der zwei Jugendlichen untersucht?“

„Ich habe die Totenscheine ausgestellt. Aber das ist einige Jahre her. Damals war ich neben meiner Praxis auch als Amtsärztin tätig.“

„Können Sie sich noch an Details erinnern?“

„Ich habe dem Professor bereits alles gesagt, was ich weiß. Es handelte sich um ein Pärchen im Teenager-Alter. Sie sind ertrunken. Das war tragisch. Zwei junge Leben so sinnlos vergeudet.“

Ich konnte deutlich erkennen, dass sie die Erinnerung noch immer beschäftigte.

„Was mich interessiert, sind die Begleitumstände", erklärte ich. „Also genauer gesagt: Die Wunden, die sich auf den Körpern der Toten befanden."

„Da waren Armfrakturen. Woher die stammten, konnte ich damals nicht feststellen. Und sowohl der Junge als auch das Mädchen wiesen Verletzungen an den Händen auf."

„Diese Verletzungen, können Sie die näher beschreiben?"

Die Ärztin machte eine vage Handbewegung. „Frau Steinbach, nach all dieser Zeit… Ich weiß es wirklich nicht mehr so genau. Es war ein absolut trauriger Fall, aber leider nur einer von vielen. Routine, wenn Sie so wollen. Aber dennoch sehr belastend."

„Ich kenne das", sagte ich. „Mit der Zeit höhlt es einen aus."

Sie betrachtete mich eingehender. „Sie waren bei der Polizei, nicht wahr?"

„Ja. Mir ging es ganz ähnlich, wie Ihnen."

„Deshalb habe ich unter dieses Kapitel meines Lebens einen konsequenten Schlussstrich gezogen", sagte Frau Dr. Hofmann. „Mich ausschließlich auf meine Praxis zu konzentrieren, war die richtige Entscheidung. Ich habe meine festen Patienten. Gleich nachher zum Beispiel, fahre ich zum Altersheim und kümmere mich um meine Senioren. Sie haben ja sonst niemanden…Und heute Nachmittag betreue ich zwei minderjährige schwangere Mädchen, die sich ganz bewusst für ihr Kind und gegen eine Abtreibung entschieden haben. So etwas muss man ganz einfach unterstützen."

Ihre Reaktion und ihre ausschweifenden Erklärungen erschienen mir etwas zu heftig. Offensichtlich hatte sie mit der Vergangenheit noch nicht abgeschlossen.

Paul räusperte sich. „Bei Frau Dr. Hofmann steht der Beruf wirklich für Berufung. Wir sind sehr froh, dass wir sie haben. Sie ist ein Segen für unsere Diözese."

Die Ärztin lächelte. „Jetzt machen Sie mich nicht verlegen! Ich bin alleinstehend und froh, wenn ich anderen helfen kann. Das ist alles."

„Also, wenn Ihnen zu den Selbstmorden noch etwas einfallen sollte…", setzte ich an.

Nickend unterbrach mich die Ärztin. „Selbstverständlich, Frau Steinbach, dann werde ich Herrn Wagner oder Professor Satorius umgehend anrufen." Sie blickte mich forschend an. „Diese Suizide sind ganz und gar fürchterlich. Haben Sie denn schon etwas über die Motive dieser armen Kinder herausfinden können?"

„Nein. Wir stochern im Nebel. Jede vermeintliche Spur führt ins Nichts."

Frau Dr. Hofmanns Ausdruck wurde mitfühlend. „Vielleicht ist auch alles nur ein großer Zufall. Vielleicht steckt ja nichts weiter dahinter. Aber wie gesagt: wir sind es den armen Kindern schuldig, herauszufinden, was sie zu diesen schrecklichen Taten getrieben hat. Wann immer Sie eine Frage haben: zögern Sie bitte nicht, auf mich zuzukommen." Sie reichte mir ihre Hand. Wieder spürte ich ihre überaus starke Willenskraft, die mich insgeheim rätseln ließ, woher sie sie nahm.

17

Da nichts weiter anstand, gönnten wir uns eine Mittagspause. In einem komfortablen Landgasthaus bestellten Paul und ich in Butterschmalz ausgebackene Karpfen mit hausgemachtem Kartoffelsalat. Paul trank ein alkoholfreies Bier dazu, mir genügte ein Wasser. Anschließend genossen wir einen frisch aufgebrühten Kaffee.

Wir unterhielten uns über alles Mögliche, nur nicht über die Arbeit.

Paul konnte charmant und überaus witzig sein. Mehrmals ertappte ich mich bei dem Gedanken, dass er ein sehr attraktiver Mann war, der mir unter anderen Umständen durchaus gefallen hätte. Wir lachten viel, und nur wenn ich mich zurücklehnte, und den Druck meiner Waffe im Rücken spürte, erinnerte ich mich daran, warum wir hier waren. Die Zeit um uns herum schien still zu stehen und ich sah Paul deutlich an, dass auch er diesen Augenblick der Ruhe und Gemeinsamkeit voll auskostete.

Sein Smartphone signalisierte mit einer kurzen schrillen Tonfolge, dass er eine SMS erhalten hatte. Er zögerte, nachzusehen. Schließlich griff er doch nach dem Handy und las die Nachricht. Seine Miene veränderte sich gravierend und er legte das iPhone vor sich auf den Tisch, als wäre es ein Fremdkörper.

„Wer hat dir geschrieben?“, fragte ich.

„Der Prof.“

„Ist der Mann auf dem Foto identifiziert worden?“

Paul seufzte schwer und spielte nervös mit seiner Kaffeetasse. „Ja“, erwiderte er knapp.

„Und?“

„Ein Kaplan – er ist circa zwei Stunden von hier in einer kleinen Gemeinde eingesetzt.“

„Dann lass uns zur Polizei fahren und ihn anzeigen“, sagte ich und wollte aufstehen.

„Bitte warte noch kurz“, sagte Paul leise.

Ich glaubte, meinen Ohren nicht trauen zu können. „Wie bitte?“

„Bitte lass uns das durchdenken.“

„Da gibt es nichts, was man überdenken müsste. Solch ein Schwein muss aus dem Verkehr gezogen werden“, brauste ich auf.

Pauls Blick signalisierte Verbindlichkeit. „Natürlich werden wir ihn melden und es wird selbstverständlich auch eine Anzeige geben. Aber ich habe mir gedacht, dass es vielleicht ganz nützlich wäre, wenn wir ihn zunächst einmal befragen.“

„Und dann vergessen wir ganz aus Versehen, ihn anzuzeigen und er wird versetzt und kann seine perversen Spiele anderswo fortsetzen?“

Paul schüttelte mit Bestimmtheit den Kopf. „Nein, so wird das nicht laufen. Da kannst du dir ganz sicher sein.“

18

Das Pfarrhaus bestand aus dicken Sandsteinquadern, deren Außenseiten im Laufe der Jahrhunderte schwarz angelaufen waren. Wir fanden es unweit der Kirche in der Mitte des abgelegenen Dorfes.

Vor einer schulterhohen Mauer parkten wir und liefen am Friedhof vorbei. Es war bereits dunkel. Der Kirchturm wurde von Scheinwerfern angeleuchtet. Die Reflektionen fielen zurück auf die Grabsteine, deren schwarzer Marmor kalt schimmerte.

Wagner drückte auf eine messingfarbene Klingel. Ein älterer Mann öffnete uns. Er trug einen Trainingsanzug, der schon bessere Zeiten gesehen hatte. Seine Haare wirkten feucht.

„Pfarrer Winkelmann?“, fragte Paul.

„Das Pfarrbüro hat bereits geschlossen“, sagte der Geistliche ziemlich unwirsch. „Aber wenn Sie schon mal da sind, was wollen Sie?“ - Dann erkannte er den Kragen von Paul. „Oh, entschuldigen Sie, Herr Kollege, aber in der Dunkelheit...“

Paul reichte ihm seine Karte. Der Pfarrer blickte darauf und ich hatte den Eindruck, als würde die Farbe seines Gesichtes einen Ton heller werden. Insgeheim nahm ich mir vor, mir eine solche Karte von Paul zu beschaffen, um zu sehen, was genau auf ihr geschrieben stand.

„Kommen Sie doch herein. Natürlich habe ich Zeit für Sie“, beeilte sich der Pfarrer zu sagen.

Er führte uns durch einen Gang, in dem einige Schuhe paarweise am Boden aufgereiht waren, in ein Wohnzimmer. Ein kleinerer Plasmafernseher stand darin, ein PC, und auf einem Tisch mit zwei Stühlen lag ein einzelnes Gedeck.

„Ich war gerade dabei, mir eine Suppe warm zu machen. Ich komme vom Fußballtraining… Aber setzen Sie sich doch“, sagte er.

„Sie brauchen nicht auf Ihre Suppe verzichten“, warf Paul ein.

„Wenn ich Besuch habe, kann ich mich ohnehin nicht aufs Essen konzentrieren. …Nehmen Sie doch Platz, und wir klären das, was Sie hierhergeführt hat, sofort. Vielleicht kann ich dann für Sie auch etwas kochen. Ich habe zwar nicht viel hier, aber - wie heißt es so schön? – wo einer satt wird, können es auch zwei oder drei.“

Er ging quer über den Flur in seine halboffene Küche und holte einen blauen Plastikstuhl, den er an den Tisch zu den anderen beiden Stühlen stellte. Wir setzten uns.

„Worum geht es?“, erkundigte er sich.

Paul öffnete die Aktentasche, die er bei sich trug, und zog eine Klarsichtfolie mit dem Foto heraus, das das Profil des Kinderschänders zeigte – vergrößert und zurechtgeschnitten, sodass der Betrachter nur den Mann, nicht aber die Kinder sehen konnte.

„Und?“, fragte der Pfarrer, während er dem Bild einen flüchtigen Blick zuwarf.

„Kennen Sie ihn?“

„Ja natürlich, das ist mein Kaplan.“

Stille senkte sich über den Raum. Der ältere Mann rutschte schließlich ungeduldig auf seinem Stuhl herum. „Was ist los? Warum zeigen Sie mir dieses Foto?“

Paul langte sich mit Daumen und Zeigefinger an die Nasenwurzel und massierte sie, während er angestrengt nach einer richtigen Formulierung suchte. Doch er fand sie nicht.

Ich langte schließlich an ihm vorbei in seine Tasche, ergriff die übrigen Aufnahmen, die wir ebenfalls ausgedruckt hatten und legte sie kommentarlos auf den Tisch.

Pfarrer Winkelmann schaute darauf und schien nichts wahrnehmen zu können. Dann begann er zu zittern - zuerst leicht und fast unmerklich, dann bebte sein ganzer Körper. Schließlich schlug er mit der flachen Hand mehrmals auf den Tisch. Ein Stöhnen drang aus seiner Kehle, es glich mehr einem Keuchen. Tränen traten ihm in die Augen und rannen über die Wangen.

Paul wartete lange, bis er fragte: „Wo ist er?“

„Er trainiert unsere Jugendmannschaft. Er ist draußen am Fußballplatz. Sie müssen wissen, wir haben Saison und Ludwig…“ Er brach ab, presste beide Hände zusammen und sagte kein Wort.

„Hatten Sie einen Verdacht?“

Der gesenkte Kopf vor mir bewegte sich verneinend.

„Wenn Sie zurückblicken, hätten Sie das vermuten

können?“, hakte ich nach. „Hätte es Anhaltspunkte gegeben?“

Der Mann sah auf, seine Augen waren mittlerweile blutunterlaufen. „Er ist beliebt in unserer Gemeinde. Er ist beliebt bei den Kindern. Alle mögen ihn. Und sie schätzen ihn. Manchmal ist er vielleicht ein wenig streng. Aber so etwas! So ein *Dreck*!“ Er nahm das oberste Bild und zerriss es in zahllose kleine Fetzen.

„Das nützt nichts“, kommentierte ich seine Aktion. „Die Verbrechen sind geschehen, die lassen sich nicht rückgängig machen.“

Paul erhob sich. „Sie haben gesagt, er ist am Sportplatz?“

„Ja.“

„Wie kommen wir dahin?“

„Sie gehen einfach die Straße entlang und dann die zweite rechts. Und wenn es nicht mehr weitergeht, auf der linken Seite – dort ist der Platz. Sie können ihn nicht verfehlen, die Flutlichtanlage ist an.“

Auch ich stand auf. Wir wandten uns zum Gehen.

„Das ist alles diese verfluchte Zeit!“, flüsterte der Pfarrer. „Früher hätte kein Mensch je daran gedacht, Kindern etwas anzutun. Aber dieses Internet. Überall ist man diesen Gefahren ausgesetzt. Überall sieht man, was man tun kann. Es gibt keinerlei Grenzen mehr!“

„Nur die Grenzen, die man sich selbst setzt“, sagte Paul und seine Stimme klirrte wie Eis.

Die blicklosen Augen des Pfarrers verfolgten uns, bis wir aus seinem Sichtfeld verschwanden. Er stand nicht auf, um uns hinauszubegleiten. Er blieb einfach hinter seinem Tisch sitzen, die Ellenbogen auf der Platte aufgestützt, das blanke Entsetzen auf seinem Gesicht.

Draußen empfing uns eine kalte Nacht. Sie roch nach modrigem Laub. Hie und da lagen abgestorbene Blätter auf dem Weg.

Wir fanden den Sportplatz nach wenigen Minuten. Bereits in einiger Entfernung konnten wir die Rufe hören, sowie das laute Bolzen, wenn die Fußballspieler den Ball trafen. In der Gegend war es ansonsten sehr still. Ich vernahm das Geräusch eines startenden Motors und dann einen abfahrenden Wagen.

Als wir ankamen, stürmten ein Teil der jugendlichen Fußballspieler gerade eines der Tore. Der Ball ging ins Aus. Es gab einen Einwurf.

Vom Rand des Platzes beobachteten wir die Spieler.

„Welcher davon ist der Kaplan?“, fragte ich.

Paul holte das Foto heraus und verglich es mit den Gesichtern. Schließlich hob er seine Hand und winkte einen der Fußballer zu sich. „Kaplan Ludwig Wittgen, wo finden wir den?“

Der Spieler zuckte mit den Schultern. „Der hat vor ein paar Minuten einen Anruf bekommen. Schien dringend zu sein. Er musste weg und ist sofort gefahren.“

19

Uns blieb nichts anderes übrig, als uns unverrichteter Dinge auf den Weg zurück zum Wagen zu machen. Pauls Smartphone klingelte dumpf durch den Stoff seines Mantels. Er griff hinein. Es dauerte, bis er das Handy fand. Er meldete sich mit seinem Namen. Wie ich es von ihm bereits gewohnt war, blieb er danach erst einmal still und hörte zu.

„Wiederholen Sie bitte die Adresse?“, sagte er nach einer Weile. Dabei machte er mir ein Zeichen.

Ich holte meinen Notizblock und Stift aus der Jacke und schrieb die Angaben auf, die er wiederholte.

„Natürlich bin ich interessiert“, sprach er weiter. „ ...Ich komme sofort, aber ich komme nicht alleine. Frau Steinbach, die in der Sache mit mir ermittelt, begleitet mich.“

Er beendete das Gespräch, behielt sein iPhone in der Hand und verharrte einen Moment unbeweglich.

„Was gibt’s?“, fragte ich.

„Das war ein Freund von Bernhard."

„Ein Freund."

„Das hat er zumindest gesagt. Er hat mitbekommen, dass wir in Bernhards Wohnung waren und er meinte, er habe Informationen für uns."

„Informationen."

Paul verzog unwirsch seinen Mund. „Hör auf mit diesen Wiederholungen, Anne. Ich weiß, wie das alles klingt. Aber er meinte, er wüsste, warum Bernhard aus dem Leben geschieden ist. Das können wir nicht einfach ignorieren."

Ich blieb still.

„Er möchte sich mit uns treffen", fuhr Paul fort, ohne weiter auf meine Zweifel einzugehen.

Ich hob das Notizbuch hoch und deutete auf mein Gekritzel. „Bei der Adresse?"

„Genau dort. Er will uns sehen und uns alles erzählen, was er weiß."

„Hoffen wir, dass er die Wahrheit sagt", gab ich nach.

Wir waren mittlerweile wieder beim Friedhof angelangt. Nebel hatte sich gebildet und stieg in sanften Schlieren wie feuchter Rauch in den Scheinwerferkegeln der Kirche empor.

Nachdem wir im Golf saßen, gab Paul die Adresse in das Navi ein. Die Fahrtzeit dorthin betrug nur wenige Minuten. Ich startete.

„Hörst du gerne Musik?", fragte er.

„Nein", antwortete ich, „die geht mir ganz fürchterlich auf die Nerven."

Paul lachte trotz seiner Anspannung. „Das hätte ich mir denken können." Für einen Augenblick verschwanden die Sorgen aus seinem Gesicht. Er wirkte um Jahre jünger.

„Was machen wir mit dem Kaplan?", fragte ich.

Pauls Miene verschattete sich. „Morgen werde ich die Fotografien der Staatsanwaltschaft übergeben. Dann werden die tun, was sie tun müssen."

„Du weißt, wer ihn vorhin gewarnt hat", fügte ich nach einer Weile hinzu.

„Pfarrer Winkelmann. Er hat ihn informiert und ihm gesagt, dass wir ihm auf der Spur sind."

„Vielleicht hat ihm der Pfarrer nur geraten, sich zu stellen", wandte ich ein, obwohl ich selbst nicht daran glaubte.

„Nein." Paul schüttelte entschieden den Kopf. „Ich denke, dass Winkelmann gelogen hat, als er uns sagte, er hätte keinen Verdacht geschöpft. Im besten Fall hat er die Sache nur ignoriert. …Hoffen wir mal, dass es beim besten Fall bleibt." Er wandte sich ab und gab sich den Anschein, als würde er durch das Fenster hinausschauen. Aber draußen war jetzt pechschwarze Nacht. Das Einzige, was er sehen konnte, war sein Spiegelbild in der Scheibe.

Die Straße, auf der wir fuhren, wurde enger. Bäume rückten heran und nur gelegentlich drang das Mondlicht quer durch ihre Spitzen bis auf die Fahrbahn. Die Reflektionslichter links und rechts am Straßenrand leuchteten. Ich hatte keine Eile und ließ mir Zeit.

Mein Navigationsgerät war die einzige Stimme in unserem Wagen. Es wies uns von der Hauptstraße herunter. Wir befuhren eine Schotterpiste und standen schließlich auf einem verlassenen Teerparkplatz vor einer aus Betonteilen gefertigten Lagerhalle.

„Ist das *hier*?", fragte ich.

„Ja."

„Bist du sicher?"

Paul schaltete das Leselicht im Auto an, verglich die Notizen auf meinem Block, der zwischen uns gelegen hatte, mit den Angaben auf dem Navi. „Wir sind richtig."

„Ein bisschen sehr einsam."

„Ihm war es wichtig, dass uns niemand sieht. Das, was er uns zu sagen habe, sei vertraulich, hat er mehrmals betont."

„Woher hat er eigentlich deine Handynummer?"

Paul zuckte mit den Schultern. „Im Dekanat weiß man, wie man mich erreichen kann. Er hat sich vermutlich an die Leute dort gewandt."

Wir stiegen aus.

Ich langte hinter meinen Rücken, holte meine Neun-Millimeter hervor und entsicherte sie unter meiner Jacke, damit Paul nicht hörte, wie ich meine Waffe schussbereit machte. Ich behielt sie in meiner rechten Hand und ließ meinen Arm an der Seite herunterhängen. Die Waffe verbarg ich halb hinter meinem Bein.

„Siehst du jemanden?", fragte ich.

„Nein."

Es quietschte. Das Tor der Lagerhalle wurde auf seinen Rollen zur Seite bewegt. Im hell erleuchteten Türausschnitt erkannten wir die Silhouette eines Mannes.

„Sind Sie Wagner und Steinbach?" Die Stimme des Mannes klang rau. Er flüsterte mehr, als dass er redete.

Paul nickte. „Ja."

„Kommen Sie herein, aber machen Sie schnell!"

Wir gingen die Rampe empor, die in das Lagerhaus führte.

„Hat Sie jemand verfolgt?", fragte der Mann vor

uns, während er an uns vorbeiblickte und die Umgebung angestrengt beobachtete. Er war ungefähr Mitte zwanzig, stämmig gebaut und sein Gesicht war weich, mit geschwungenen Lippen, wie die einer Frau.

„Ist Ihnen wirklich niemand gefolgt?“, vergewisserte er sich nochmals.

„Nein“, sagte Paul. „ganz sicher nicht. Niemand weiß, wo wir uns im Moment aufhalten.“

Paul ging als Erster durch die Tür. Ich folgte ihm.

„Beeilen Sie sich! Hinten ist eine Art Büro, dort können wir uns unterhalten“, forderte uns der Mann auf. Er machte auf mich einen stark angespannten Eindruck.

Ich trat über die Schwelle, hörte ein Geräusch rechts neben mir und wusste sofort, dass etwas nicht stimmte. Der Schlag traf mich quer über den Rücken und schmiss mich zu Boden. Ich verlor meine Waffe, sie schlitterte über den Beton.

Der Schmerz war übermächtig, er tobte durch mich hindurch. Die Luft war aus meinen Lungen gepresst. Meine Arme gehorchten mir nicht mehr. Ich fühlte, wie sich jemand auf mich kniete und mir die Hände am Rücken mit Kabelbindern fesselte. Dann ließ er von mir ab.

Ich versuchte, mich auf die Seite zu drehen. Ich sah zwei Dunkelgekleidete Paul festhalten. Ein Dritter schlug auf ihn ein. Es war eine systematische Arbeit. Immer und immer wieder krachte die Faust nach vorne. Das dumpfe, teils klatschende Geräusch war unerträglich. Blut spritzte. Pauls Körper wurde schlaff, aber die Männer hoben ihn einfach an und die Schläge prasselten immer weiter auf ihn ein.

Mit einem Mal wurde mir klar, dass es Paul nicht mehr viel länger aushalten würde. Ein paar wenige

Treffer würde er vielleicht noch wegstecken können, aber dann… - Die Männer hatten vor, Paul umzubringen. Sie wollten ihn totschlagen.

Ich kroch zur Wand und richtete mich halb auf, indem ich meinen Rücken gegen die Mauer presste und mich mit den Beinen daran hochschob.

„Hej! Was seid ihr nur für Luschen!“, rief ich den Schlägern zu. „Kriegt ihr keinen hoch? Schlagt ihr deshalb lieber einen wehrlosen Priester tot, als euch um die Frau zu kümmern?“

Der Mann, der auf Paul gerade eingeprügelt hatte, erstarrte in seiner Bewegung. Seine Faust hing in der Luft. Die anderen ließen Paul einfach los und drehten sich zu mir um.

Für einen Moment bewegte sich niemand im Raum.

Ich wusste, was jetzt kommen würde.

Die Männer gingen langsam auf mich zu. Ich versuchte, mich weiter aufzurichten, schaffte es nicht und rutschte nach hinten weg, bis ich wieder auf dem Boden lag.

Der erste der Kerle hatte mich erreicht. Seine Augen glitzerten voll aggressiver Geilheit. Sein Mund hatte sich zu einem unbarmherzigen Grinsen verzogen.

Er kniete sich auf mich. Seine Hände griffen nach mir, ungeduldig, grob, und in der Absicht, mir wehzutun. Meine Bluse zerriss.

Ich stieß mit dem Kopf nach oben und traf seine Nase, die augenblicklich stark zu bluten anfing.

Er gab einen Schrei von sich, wich ein Stück zurück, holte aus und schlug mir dann links und rechts ins Gesicht.

Meine Lippe sprang auf. Gleichzeitig fühlte ich,

wie meine Füße von den anderen beiden Kerlen auf den Boden gepresst wurden. Hände fingerten an meinem Gürtel.

Der Mann über mir keuchte. Er öffnete seinen eigenen Reißverschluss und zwang sich zwischen meine Beine. Blut tropfte aus seiner Nase und fiel mir ins Gesicht. Keiner sprach ein Wort, während ich vergeblich versuchte, mich aus der Umklammerung zu befreien.

In diesem Moment hörte ich ein metallisches Klacken. Dicht neben dem Kopf des Kerls, der auf mir lag, erschien meine Automatik. Ihre Mündung wurde ihm an die Schläfe gedrückt.

„Lasst sie los! Sofort!". Pauls Stimme war schwach, aber sie war deutlich zu vernehmen und verströmte ungeheure Kraft.

Der Kerl über mir verharrte nur kurz, dann verzog sich sein Gesicht zu einem höhnischen Grinsen. „Du traust dich ja doch nicht, zu schießen! Du feiger Pfaffe!"

Paul bewegte seine Hand, die die Waffe hielt, bis deren Lauf parallel zum Schädel des Mannes zeigte. Als wollte er den Mann mit der Pistole liebkosen, strich er mit ihr über dessen Wange. Ohne Vorwarnung drückte er dicht neben dem Ohr des Kerls ab.

Die Kugel krachte in die Wand hinter mir. Betonteilchen und Staub regneten auf mich herab. Das überlaute Echo des Schusses wurde im Raum hin- und hergeworfen.

Der Kerl heulte vor Schmerz auf.

„Die nächste Kugel geht nicht in die Mauer!", drohte Paul.

Der Mann kletterte von mir herunter. Er erhob

sich ungelenk. Mit der einen Hand hielt er seine offene Hose, während er die andere Hand gegen sein Ohr presste.

„Ihr Schweine! Raus hier!“, stieß Paul hervor.

Die Männer gehorchten. Rückwärts gehend verließen sie die Halle.

Paul war an der Wand zusammengesackt. Er hielt noch immer meine Neun-Millimeter in beiden Händen, sie zeigte Richtung Tür.

Mühsam hob ich die Beine an, um meine auf dem Rücken zusammengebundenen Hände stückweise nach vorne zu bewegen. Normalerweise hätte ich das schnell geschafft, aber mein Kreuz, an dem mich der Baseballschläger getroffen hatte, schmerzte gewaltig. Meine Arme waren taub. Zudem hingen mir die Jeans halb in den Kniekehlen, was die Sache noch zusätzlich erschwerte.

Dennoch gelang es mir. Nach längerem Kampf waren meine Arme vorne. Beidhändig zog ich mir die Hose so gut es ging hoch und knöpfte sie zu. Anschließend bedeckte ich meinen Oberkörper mit den zerrissenen Resten der Bluse, wickelte den Stoff um mich und stopfte die Enden in den Hosenbund.

Pauls Kopf war nach vorne gesunken. Die Waffe hielt er zwar noch immer fest, aber er hatte das Bewusstsein verloren.

Ich schaute mich in der Halle um – sie war so gut wie ausgeräumt, bis auf einen alten abgewetzten Schreibtisch und ein paar verdreckte Plastikstühle. Überall lag Staub. Offensichtlich war seit Jahren niemand mehr hier gewesen.

Ich entdeckte einige leere Blumenübertöpfe am Fenster, schnappte mir einen davon und probierte den Wasserhahn in der Ecke des Raums. Das

Porzellanbecken selbst war zwar schmutzig, vergilbt und an mehreren Stellen gesprungen, aber das Wasser war nicht abgestellt. Nach einer Weile wechselte es von einem hässlichen Rostbraun hin zu einem normalen durchsichtigen Strahl.

Ich spülte den Behälter sorgfältig aus, füllte ihn, und ging zu Paul zurück. Ich tauchte die Hände in das Gefäß und begann, ihm das Blut vom Gesicht zu waschen. Er kam zu sich, wollte mich im Affekt wegdrängen. Dabei hob er die Waffe an.

„Nein!“, sagte ich, „Sie sind weg.“

Ein erleichtertes Seufzen drang über seine Lippen und dann stöhnte er. Seine Schmerzen schienen mehr als nur heftig zu sein.

„Wie geht es dir?“, sagte er leicht undeutlich.

„Mit mir ist alles in Ordnung“, erwiderte ich.

„Haben sie dich…“, er sprach nicht weiter.

„Vergewaltigt? …Nein, aber es hat nicht viel gefehlt. Wenn du nicht gekommen wärst…“

„Wieso hast du das getan?“

„Was?“, fragte ich.

„Verdammt, Anne! Wieso hast du sie auf dich gehetzt? Du wusstest, was dann passieren würde. Wieso hast du dein Leben riskiert? Wenn dir etwas geschehen wäre… Du hast sie ja regelrecht dazu aufgefordert.“

„Sollte ich sie dich umbringen lassen?“, schnaubte ich. „Und jetzt sei still.“

Paul verstummte. Er atmete keuchend und unregelmäßig, während ich weiter damit beschäftigt war, sein Gesicht vom Blut zu säubern.

„Wir müssen dich zu einem Arzt bringen.“

Paul schüttelte den Kopf. „Auf keinen Fall.“

„Doch! Das können wir jetzt nicht mehr

vertuschen. Falls du innere Blutungen hast, stirbst du ohne ärztliche Behandlung innerhalb der nächsten paar Stunden. Das kann man von außen nicht sehen. Deine Schmerzen…"

Wieder schüttelte Paul den Kopf. „Keinen Arzt."

„Du bist der sturste Typ den man sich vorstellen kann!"

Paul versuchte zu lächeln. Als er dabei tiefer einatmete, zuckte er zurück und stöhnte auf.

„Ich habe in meiner Tasche ein Klappmesser", meinte ich mit Blick auf meine Jacke. „Wenn du mir die Fesseln aufschneidest, kommen wir besser voran."

Paul griff in meine Jacke, fand das Messer und gab es mir. Mit der anderen Hand hielt er währenddessen meine Pistole nach wie vor auf den Eingang gerichtet.

Ich betätigte den Mechanismus und das Messer sprang auf.

Mit seiner Linken säbelte mir Paul die Fesseln durch, ohne seinen Blick längere Zeit von der Eingangstür abzuwenden.

Als er damit fertig war, nahm ich meine Waffe an mich, erhob mich und schlich geduckt hinaus auf die Rampe. Von unseren Angreifern war niemand mehr zu sehen.

Ich kehrte zu Paul zurück, der im Begriff war, sich hochzustemmen. Doch er schaffte es nicht. Diesmal konnte er sogar einen keuchenden Aufschrei nicht unterdrücken.

Ich beugte mich über ihn. „Wir müssen wirklich zu einem Arzt. Das geht so nicht. Das ist reiner Wahnsinn."

„Nein", flüsterte er. „Keine Klinik, keine Öffentlichkeit."

„Aber jemand muss dich untersuchen!"

„Satorius, der Prof...“, kam seine gepresste Antwort. „Er ist unter anderem Doktor der Medizin.“

„Das mag schon sein. Aber hat er rein zufällig *unter anderem* auch ein Röntgengerät und ein Ultraschall bei sich in seinem Gewächshaus stehen?“

Paul blickte mich trotzig an. „Wir fahren zum Prof. Er kann auf alle Fälle feststellen, ob ich behandelt werden muss, oder ob er das alleine schafft.“

Wieder versuchte er, sich aufzurichten. Ich griff unter seine Achseln und hievte ihn hoch. Sein Arm ruhte auf meinen Schultern. Er wog mehr, als ich gedacht hatte.

Vorsichtig setzten wir Schritt für Schritt, bis wir hinaus auf die Rampe gelangten. Das schwierigste Stück kam jetzt. Ich hielt ihn fest, während wir gemeinsam die Schräge überwanden.

Den Golf hatten wir relativ schnell erreicht. Paul lehnte sich mit dem Rücken gegen das Auto. Er schnaufte heftig, so als hätte er einen Marathonlauf hinter sich. Frisches Blut war auf seinen Lippen.

Ich öffnete den Wagen, bugsierte Paul auf den Rücksitz, wo er sich auf die Seite legte. Ich half ihm, beide Beine anzuwinkeln und schloss die Tür. Mühsam kletterte ich selbst hinter das Steuer, startete und fuhr los.

Satorius wohnte rund eine Stunde entfernt. Ich hoffte, dass es für Paul dann nicht bereits zu spät war.

20

Die Umgebung, durch die wir fuhren, hatte jede Spur von Licht verloren. Die weißen Kegel unserer Autoscheinwerfer ließen die Fassaden der Häuser am Straßenrand fahl aufleuchten und wurden von deren Fenster reflektiert, die seelenlosen Augen glichen. Es herrschte kaum noch Verkehr auf den Straßen.

Ich gab Gas.

Hinter dem verzierten gusseisernen Zaun war der Umriss des Gebäudes zu erkennen, in dem Satorius wohnte. Ich drückte auf den Klingelknopf neben der Sprechanlage – einmal, zweimal. Nichts rührte sich. Ich versuchte zu erkennen, ob jemand zuhause war, aber ich sah kein erleuchtetes Fenster. Wieder drückte ich meinen Finger auf die Klingel. Diesmal lange.

Ohnmächtige Wut stieg ihn mir empor. Pure Verzweiflung begann, sich in mir auszubreiten. Ich konnte und wollte nicht mehr warten. Paul brauchte umgehend Hilfe. Auf der Fahrt hierher hatte er immer wieder gehustet. Er spuckte Blut. Ich konnte es nicht länger verantworten, ihn ohne professionelle Behandlung zu lassen.

Ich klingelte Sturm.

Endlich ging im ersten Stock ein Licht an. Bald darauf knackte es in der Sprechanlage. „Ja?“

„Ich bin’s! Anne. Ich habe Paul im Auto! Er ist verletzt. Es ist dringend!“

Ich erhielt keine Antwort. Das Knistern in der Sprechanlage brach ab. Ich stand allein in der Dunkelheit vor dem verschlossenen Tor, meine Hand um einen der Stäbe gelegt. Mein Blick war auf die Lampe im ersten Stock geheftet.

Die Lampe erlosch. Nichts geschah.

Endlich ertönte ein Summton. Ich drückte gegen die Tür und sie schwang auf.

Ich rannte zurück zum Auto, um die Hintertür auf der Fahrerseite zu öffnen.

„Geht’s noch?“, fragte ich hinein.

Als Antwort erhielt ich ein gepresstes Stöhnen.

„Wir sind jetzt bei Satorius“, fuhr ich hastig fort. „Wir können jetzt rein. Aber du musst mich ein wenig unterstützen. Dann werden wir es schaffen.“

Ich hörte Schritte hinter mir und drehte mich um. Meine Rechte suchte den Griff der Pistole in meinem Rücken. Ich erblickte Lorenzo.

„Was ist passiert?“, fragte er. Ohne meine Antwort abzuwarten, lugte er über meine Schulter in den Wagen, erfasste sofort die Situation und übernahm die Führung. „Mia cara, du packst die eine Schulter, ich die andere. Wenn wir Paul vorsichtig herausziehen, kann meiner Meinung nach nichts Gravierendes passieren.“

Ich nickte und wir holten Paul mit vereinten Kräften aus dem Wagen. Draußen versuchten wir, ihn aufzustellen. Paul strauchelte und machte Anstalten, nach vorne zusammenzusacken.

Ich bückte mich und legte einen von Pauls Armen über meine Schulter. Lorenzo tat es mir gleich. Wir hatten Paul in unserer Mitte und schleppten ihn gemeinsam zum Tor und durch den Vorgarten. Paul versuchte so gut es ging, uns zu unterstützen. Zeitweise lief er mit. Dann versagten seine Beine wieder, er wurde ohnmächtig, sein Körper erschlaffte und er drohte, uns zu entgleiten.

Die Haustür stand offen. Paul war gerade wieder bei Bewusstsein. Er bemühte sich, einen Fuß vor den anderen zu setzen. Dennoch bewältigten wir die kurze Strecke nur mit äußerster Mühe. Durch die Anstrengung war ich schweißgebadet. Meine Haare klebten an der Stirn.

„Das schaffst du, Paul“, meinte Lorenzo.

Paul nickte und wir gelangten tatsächlich bis in die Wohnung.

Paul hatte jetzt endgültig keine Kraft mehr. Die Spitzen seiner Schuhe schleiften über das Parkett der Bibliothek.

Lorenzo öffnete die Tür zum dunklen Wintergarten, griff mit seiner freien Hand links neben sich an die Wand und fand den Lichtschalter. Sofort flutete angenehmes warmes Licht den Raum.

„Wir legen ihn auf den Schreibtisch hier“, sagte Lorenzo.

Auf dem Tisch stand noch der Laptop, an dem ich Satorius hatte arbeiten sehen, als wir ihn besucht hatten. Lorenzo überließ mir Paul und räumte schnell alle Sachen herunter. Gemeinsam hievten wir Paul auf den Tisch.

„Das ist jetzt etwas unbequem, aber ich denke, das

ist das Beste, was wir momentan tun können“, meinte Lorenzo.

„Macht seinen Oberkörper frei“, ertönte eine Stimme vom Eingang des Wintergartens. Ich drehte mich halb um und erkannte Satorius in seinem Rollstuhl. Er kam gerade in den Raum gefahren. Sein weißes Haar war sauber gekämmt. Seine wasserblauen Augen waren konzentriert und voller Sorge.

Lorenzo knöpfte umgehend Pauls Hemd, oder das, was davon übrig war, auf, und zog es beiseite. Als Pauls Verletzungen zum Vorschein kamen, sog ich scharf die Luft ein.

Satorius fuhr bis zum Tisch. Er untersuchte Paul gründlich, klopfte und horchte ihn ab. Danach griff er in eine der Taschen seiner Hausjacke und holte ein längliches Etui heraus. „Lorenzo, du gibst Paul eine der Ampullen hier.“

„Die ganze Ampulle?“, vergewisserte sich Lorenzo und Satorius nickte, bevor er sich mir zuwandte: „Keine Sorge. Es ist nur ein Beruhigungsmittel. Ich kenne Paul. Er ist immer hellwach, wenn er Schmerzen hat und findet keine Ruhe. Nach dieser Spritze wird er schlafen. Das ist das Beste für ihn.“

Paul war bei Bewusstsein. Er versuchte, seinen Kopf zu heben. „Was ist? Muss ich in die Klinik?“

Satorius beugte sich vor und tätschelte Pauls Hand. „Nein. Mach dir keine Gedanken. So, wie es aussieht, hast du keine inneren Verletzungen. Morgen werden wir dich röntgen lassen. Aber bis dahin schläfst du dich erst einmal aus.“

Gemeinsam mit Lorenzo richtete ich Paul auf. Wieder versuchte er, uns zu helfen, so gut er konnte. Wir führten ihn durch eine andere Tür aus dem Wintergarten hinaus und kamen schließlich über einen weiteren Gang in ein komfortables Eckzimmer.

Lorenzo brachte Paul zu dem Bett, das in dem Raum stand und half ihm, sich hinzusetzen. Gemeinsam zogen wir Paul die verdreckte und zerrissene Kleidung aus. Diesmal war ich vorbereitet und ignorierte die zahllosen Blutergüsse und Schwellungen an seinem Körper. Wir halfen Paul beim Hinlegen und deckten ihn zu.

Lorenzo ging kurz aus dem Raum und kehrte mit einem Desinfektionsmittel und etwas Watte zurück. Er reichte mir beides. Ich setzte mich zu Paul und reinigte seine Armbeuge gründlich mit einem getränkten Bausch. Währenddessen bereitete Lorenzo die Spritze vor. Er setzte die Ampulle fachmännisch ein, überprüfte, ob sich in der Spritze Luft befand, dann stach er die Nadel tief in Pauls Arm.

Paul sah uns die ganze Zeit über zu. Er versuchte, zu lächeln. Einmal berührten sich unsere Hände und er strich mir mit dem Zeigefinger über den Handrücken.

Bald entspannte er sich, sein Kopf sank auf das Kissen und seine tiefen Atemzüge bewiesen, dass er friedlich schlief.

„Wir können jetzt nichts weiter für ihn tun, mia cara“, meinte Lorenzo.

„Ich werde bei ihm bleiben“, sagte ich.

„Nein, du ruhst dich aus“, erwiderte Lorenzo. „Ich übernehme die Wache.“ Er deutete auf den Sessel, der sich in einer Ecke des Raums befand. „Ich kann die Nacht dort schlafen.“

Mit einem Mal spürte ich die Anstrengungen der vergangenen Stunden deutlich und auch die bohrenden Rückenschmerzen meldeten sich zurück. „Das würdest du tun?“, fragte ich und schämte mich im gleichen Augenblick für meine Schwäche.

Doch Lorenzo lächelte. „Ja natürlich. Du siehst ziemlich mitgenommen aus, wenn ich das so sagen darf."

„Bei meinem Beruf wird man nicht jünger", erwiderte ich, unzufrieden mit mir selbst.

Lorenzo verstand meinen Groll falsch. Er bezog ihn auf sich. „Ah, mia cara, so habe ich das doch nicht gemeint", beeilte er sich zu sagen. „Du bist eine wirklich attraktive Frau. Deine grünen Augen funkeln und dein langes blondes Haar ist eine einzige Pracht. Als ich noch jung war, hatte mein Haar eine ähnliche Farbe, es war nicht so grau, wie es jetzt ist. Friedrich, ich meine Professor Satorius, hat mein Haar immer geliebt. Er meinte, es glänze wie die Sonne." Lorenzo lächelte wehmütig, dann tätschelte er liebevoll meine Schulter.

„Danke", meinte ich besänftigt. „Ein paar Komplimente tun mir jetzt wirklich gut."

Paul hatte angefangen, leise und regelmäßig zu schnarchen.

„Hier können wir nichts weiter tun", sagte Lorenzo. „Ich denke, Friedrich will dir einige Fragen stellen. Wir sollten jetzt zu ihm gehen."

Wir lehnten die Türe lediglich an, um Paul nicht zu stören und machten uns auf den Weg zurück Richtung Wintergarten.

21

Wir mussten nicht bis zum Wintergarten gehen. Satorius erwartete uns bereits im Esszimmer. Das Licht war angenehm gedimmt. Die leichten Schatten ließen das energische Gesicht des Professors weicher und umgänglicher erscheinen.

„Wie geht es Ihnen, Frau Steinbach?“, fragte er mich. Seine Stimme klang ehrlich besorgt.

„Ich bin froh, dass Paul nichts Ernsthaftes passiert ist. Er schläft jetzt“, wich ich der Frage aus.

„Ich habe mich nicht nach Paul erkundigt. Ich wollte wissen, wie es Ihnen geht.“

Lorenzo zog einen der Stühle vom Tisch zurück und ich nahm darauf Platz. Er selbst setzte sich gegenüber.

„Wie es mir geht?“, wiederholte ich. „Gut. Ja, wirklich.“

Satorius war näher herangefahren. Er betrachtete mich eingehend. „Sind Sie verletzt?“

„Nicht der Rede wert.“

„Ich will nicht aufdringlich sein, Frau Steinbach. Aber Ihre Kleidung“ - der Professor wies auf meine Bluse. „lässt darauf schließen…“

Ich unterbrach ihn. „Ich bin nicht vergewaltigt worden.“

Lorenzo stand auf, strich im Vorübergehen behutsam über mein Haar und machte sich in der Küche zu schaffen. Er kam mit einer Flasche Cognac und drei Gläsern zurück. Er goss uns ein und wir tranken.

„Paul hat einen Anruf bekommen“, setzte ich stockend an. „Jemand behauptete, er sei ein Freund Bernhards. Er meinte, er habe Informationen für uns. Und wir sind zum Treffpunkt gefahren. Es war ein leer stehendes Lagerhaus. Ein Mann lotste uns hinein und dort wurden wir angegriffen. …Sie waren zu dritt.“

Der Alkohol tat mir gut. Lorenzo schenkte mir ungefragt nach.

„Sie wollten uns umbringen. Sie fingen mit Paul an. Sie schlugen auf ihn ein. Ich musste etwas tun… Ich konnte sie ablenken.“

„Wie habt ihr es da raus geschafft?“, erkundigte sich Lorenzo.

„Während die Kerle mit mir beschäftigt waren, fand Paul meine Waffe und… er verhielt sich dann sehr überzeugend.“

„Überzeugend?“, hakte Satorius nach.

„Paul hat mich gerettet.“

Satorius holte tief Luft. „So, wie Paul aussieht und nach Ihrer Schilderung zu urteilen, haben auch Sie das Ihrige getan, dass er diesen Angriff überlebt hat… Wir haben uns das nicht vorstellen können, auf was Sie beide da stoßen, Frau...“

„Ach“, meinte ich, „nennen Sie mich doch bitte Anne. Lorenzo und Paul machen das ohnehin schon – …wenn es Ihnen nichts ausmacht.“

„Gerne. Anne.“ Satorius lächelte, dann wurde sein Gesicht sehr ernst. „Wir haben nicht gewusst, in welche Gefahr wir euch bringen, aber es geht nicht, dass wir die Dinge einfach so weiterlaufen lassen.“

„Was für Dinge meinst du?“

„In den letzten Jahren, in unserer Kirche. …Immer wieder gab es Skandale. Immer wieder gab es Übergriffe, Verbrechen. Und wenn wir dachten, wir hätten alles gelöst, und die Kirche könnte sich auf ihre eigentlichen Aufgaben besinnen, kam etwas Neues ans Tageslicht, etwas, was das Vorangegangene in den Schatten stellte. Und das Schlimmste daran: alle Anschuldigungen, alle Enthüllungen erwiesen sich als wahr.“ Er verstummte.

„Du sagst: *unsere* Kirche?“, fragte ich.

Satorius nickte.

„Aber du bist doch kein Geistlicher.“

„Nein. Gewiss nicht. Ich bin…“

„…Doktor der Medizin“, unterbrach ich ihn.

„Ja, das auch. Ich bin Doktor der Philosophie, der Medizin und Professor der Jurisprudenz.“

„Da bist du aber ganz schön rumgekommen!“

Satorius lächelte. „Ja, das sind wir, Lorenzo und ich. …Vielleicht ist das auch der Grund, weshalb wir uns auf diese Stiftung eingelassen haben.“

„Welche Stiftung?“

„Du weißt doch Anne, dass du nicht bei der Kirche angestellt bist.“

Das überraschte mich. „Ich war davon überzeugt, dass mich das Dekanat angeheuert hat.“

„Nein, nein. Das Dekanat hat nur als Mittelsmann

fungiert. Vor einigen Jahren ist eine großzügige Stiftung zugunsten der Kirche ins Leben gerufen worden und mich haben sie zu deren Verwalter ernannt. Nachdem wir in zahllosen Nächten darüber nachgedacht hatten, was wir mit dem vielen Geld anstellen, kamen Lorenzo und ich schließlich auf die Idee, dass wir der Kirche damit am besten helfen können, wenn wir gewisse Vorfälle, die sich in unseren Reihen abspielen, untersuchen und aufklären, bevor dies von offizieller Seite geschieht."

„Dann heißt das im Klartext, ich arbeite für euch beide?"

Lorenzo trank von seinem Cognac, bevor er antwortete. „So könnte man es ganz grob sagen. Letztendlich steht die Stiftung im Dienst der Allgemeinheit und im Dienst der Kirche. Wir halten es einfach für sinnvoll, wenn wir gewissen Missständen selbst nachgehen."

„Und Paul?", fragte ich.

„Paul ist vom kirchlichen Dienst freigestellt. Er arbeitet derzeit ausschließlich für die Stiftung. …Wenn du es so willst, seid ihr beide unsere Ermittler – sozusagen *moderne Geheiminquisitoren.*"

„*Geheiminquisitoren*, sagst du? Wenn ich die Wahl habe, nenne ich mich dann doch lieber Ermittlerin", bemerkte ich trocken.

Satorius zog fast entschuldigend seine Augenbrauen hoch. „Sei Lorenzo bitte nicht böse, Anne. Aber er und ich – wir sind eben etwas konservativ in den Begrifflichkeiten. Egal, wie du und Paul euch auch nennt, wichtig ist einzig und allein, dass ihr die Wahrheit ans Tageslicht befördert."

„Wie ist eure Beziehung zu Paul?", wollte ich von Lorenzo wissen. „Du und …", ich zögerte, Satorius bei seinem Vornamen zu nennen.

„Paul nennt mich Prof. Ich habe mich daran schon gewöhnt." Satorius schien amüsiert.

Ich räusperte mich. „Also gut. Prof. Wie steht ihr beide zu Paul?"

Lorenzo lächelte. „Nun, Paul ist so etwas wie unser Kind."

„Euer Kind?" Satorius hatte mir gegenüber zwar schon von *Familie* gesprochen, aber diese Aussage überraschte mich dann doch.

Lorenzos Lächeln vertiefte sich. „Natürlich nicht unser leibliches Kind. Das erste Mal haben wir Paul im Internat getroffen. Ich arbeitete dort als Schulleiter. Paul war wirklich ein vielversprechender junger Mann - wenn auch mit gewissen Problemen."

Es brannte mir auf der Zunge, das mit den Problemen zu hinterfragen, aber der Augenblick erschien mir nicht richtig.

„Und dann", sprach Lorenzo weiter, „später, hat er bei Friedrich…, ich meine bei unserem *Prof* hier studiert."

Der Cognac entfaltete seine Wirkung. Ich gähnte.

Lorenzo beugte sich vor, musterte mich und meinte: „Anne sieht sehr müde aus. Der Tag hat auch an ihr seine Spuren hinterlassen."

„Ja", pflichtete ich ihm bei. „Ich bin müde und beschwipst. Am besten rufe ich mir ein Taxi und lasse mich nach Hause fahren."

„Musst du nicht", beeilte sich Satorius zu sagen. „Wir haben noch weitere Gästezimmer."

„Das macht euch nichts aus?"

„Nein", Lorenzo schüttelte lachend den Kopf. „Das macht uns nichts aus, mia cara."

Ich erhob mich und reichte Satorius die Hand. Er

hielt sie vielleicht einen Bruchteil länger fest, als nötig. Seine Augen waren warm und mitfühlend. „Schlaf gut, Anne", sagte er.

Ich drehte mich um und folgte Lorenzo ins nächste Stockwerk. Mein Zimmer glich dem von Paul. Ich streifte meine Kleider ab und unterzog mich einer Katzenwäsche, bevor ich in ein weiches bequemes Bett kroch. Sobald mein Kopf das Kissen berührte, war ich eingeschlafen.

In dieser Nacht quälten mich keine Träume. Ich wurde erstmals nicht von der Vergangenheit verfolgt.

22

Am nächsten Morgen duschte ich mich im angrenzenden Gästebad, das mit den wichtigsten Drogerieartikeln bestückt war. Außerdem hatte mir jemand ein in Folie eingeschweißtes Polo-Shirt und ein dazu passendes Sweatshirt in meiner Größe bereitgelegt. Auf den dunkelblauen Kleidungsstücken prangte das Emblem *Schloß Amselfeld, virtus et sapientia.*

Ich begab mich ins Erdgeschoss hinunter. Es war noch früh, aber ein wunderbarer Geruch von gebratenem Speck und frisch gebrühtem Kaffee hing in der Luft.

Lorenzo und Satorius saßen in der Küche.

Lorenzo sprang auf, sobald er mich kommen sah. „Und? Gut geschlafen?“ fragte er.

„Ja, phantastisch.“

„Sie sieht auch wieder bildhübsch aus“, meinte Lorenzo. „Nicht wahr, Friedrich? Sie könnte glatt als eine meiner Schülerinnen durchgehen. …Weißt du noch? In meinen jungen Jahren hatte ich fast die gleiche Haarfarbe, wie Anne."

Satorius setzte seine Tasse ab und lächelte Lorenzo an. „Es waren nicht nur deine Haare, die ich hinreißend fand."

Lorenzo antwortete nicht, aber ich sah, wie sehr er sich freute.

Satorius wandte sich an mich: „Entschuldige bitte die Schulkleidung. Aber wir hatten nichts anderes in deiner Größe. Und Lorenzo hortet aus mir nicht nachvollziehbaren sentimentalen Gründen noch dutzende von diesen lächerlichen Uniformen."

„Blau passt hervorragend zu Annes Teint", warf Lorenzo leicht trotzig ein. Und zu mir: „Willst du Spiegeleier, oder Rühreier? Und wie magst du deinen Speck?"

„Rühreier. Und den Speck knusprig gebraten, wenn es keine Umstände macht", erwiderte ich grinsend.

Lorenzo begab sich hinter die Kochinsel und hantierte mit verschiedenen Pfannen.

„Was steht heute an?", fragte Satorius. Ohne es zu wollen, erstickte er damit meinen Anflug guter Laune, als wäre er nie dagewesen.

„Nach dem Frühstück muss ich zur Polizei und die Sache mit Kaplan Wittgen zur Anzeige bringen. Paul wollte es an sich selbst in die Hand nehmen, aber er ist ja erst einmal außer Gefecht gesetzt."

Satorius nickte. „Lorenzo und ich werden Paul in der Zwischenzeit zu Frau Dr. Hofmann begleiten, damit sie ihn sicherheitshalber röntgt."

„Wenn ich mit der Polizei fertig bin, würde ich gerne nachkommen, um zu sehen, wie es ihm geht", sagte ich.

„Gerne", antwortete Satorius. „Wir lassen Paul

noch kurz schlafen, wecken ihn dann auf und fahren zur Ärztin."

„Ich würde sagen", meinte Lorenzo, während er die Rühreier und den Speck auf dem Teller vor mir drapierte, „wir könnten uns dort so gegen elf Uhr treffen."

Ich stocherte in meinem Essen herum. Mein Kaffee blieb unangetastet.

„Dich bedrückt etwas, Anne?", fragte Satorius und beugte sich zu mir vor, um mir besser ins Gesicht sehen zu können. Er hatte gemerkt, dass etwas nicht stimmte.

„Mich bedrückt nichts, aber ist es für euch auch in Ordnung, wenn ich den Kindesmissbrauch mit dem Kaplan melde? Ich meine, ihr habt doch nichts dagegen, oder? Ihr wisst, ich kann das nicht einfach so hinnehmen. Das geht nicht."

Satorius stützte beide Ellenbogen auf dem Tisch auf und legte das Kinn in seine Hände. „Wenn du das nicht anzeigen würdest, würden Lorenzo und ich das tun. So ein Monster, wie dieser Wittgen, gehört aus der menschlichen Gesellschaft entfernt – am besten für immer."

Ich wusste nicht warum, aber aus irgendeinem Grund war ich sehr erleichtert über das, was mir Satorius sagte.

Lorenzo blickte auf seine Armbanduhr. „Ich denke, es ist an der Zeit, Paul zu wecken, wenn wir alles noch zeitlich in den Griff bekommen wollen."

„Ich kann dir helfen", bot ich mich an.

„Nein, nein", winkte Lorenzo ab, „du musst wieder zu Kräften kommen. Iss in Ruhe dein Frühstück. Um Paul kümmere ich mich." Ohne meine Antwort abzuwarten, verließ er das Esszimmer und schloss die Tür zum Flur hinter sich.

„Ihr habt es gut“, sagte ich zu Satorius.

„Du meinst Lorenzo und mich.“

Ich nickte.

„Das stimmt. Wir haben uns als junge Männer kennengelernt. Es war die berühmte Liebe auf den ersten Blick und sie hat bis jetzt gehalten – allen Widrigkeiten des Lebens zum Trotz.“

„Ein wunderbares Geschenk“, stellte ich fest.

„Du hattest nicht so viel Glück.“

„Nein. Der Mann, von dem ich dachte, dass er mich liebte, benutzte die erste Möglichkeit, um mich loszuwerden und hat obendrein noch meine Tochter mitgenommen.“

Die Stimme von Satorius klang milde. „Das ist ungewöhnlich. Normalerweise bleiben die Kinder bei ihren Müttern.“

„Normalerweise ist der Vater auch kein erfolgreicher Anwalt und mit allen Wassern gewaschen. Ich kann froh sein, dass ich ihm nicht auch noch Unterhalt zahlen muss.“

„Das mit deiner Tochter muss dir sehr wehtun.“

Ich verzog schmerzhaft das Gesicht und blickte in meinem Kaffee. „Selbstverständlich. Es ist die reinste Hölle für mich. Aber ich kann nichts dagegen tun.“ Ich setzte die Tasse an meine Lippen, trank aber nicht, sondern stellte sie unangetastet zurück. „Wenn ich versuche, etwas gegen ihn zu unternehmen, dann wird er dafür sorgen, dass ich nicht einmal mehr mit meiner Tochter telefonieren kann. Nicht nach dem, was geschehen ist.“

Die Miene von Satorius war ausdruckslos und still. „Du sprichst jetzt von dem Vorfall, der dich gezwungen hat, die Polizei zu verlassen, oder?“

Ich bewegte kaum merklich meinen Kopf als Zeichen der Zustimmung. Ich brachte aber kein Wort heraus.

„Du musst nicht darüber reden."

„Und du musst mich nicht therapieren", entgegnete ich scharf.

„Ist das so offensichtlich?" Der Ausdruck in Satorius Augen änderte sich. Sie wurden weich und mitfühlend.

„Du weißt doch, was passiert ist", warf ich ihm an den Kopf, doch Satorius ging auch auf meine neuerliche Provokation nicht ein.

„Ich habe nur die Berichte gelesen. Aber *deine* Geschichte kenne ich nicht."

„*Meine* Geschichte", wiederholte ich bitter. „Ich habe in einem Entführungsfall ermittelt und dabei das Opfer verloren." Ich sah Satorius jetzt direkt an und die weiteren Worte sprudelten wie von selbst aus mir heraus. „Es handelte sich um ein Kind, um einen kleinen Jungen. Er ist elend krepiert. Aber das war allen egal. Stattdessen warf man mir vor, ich hätte den Entführer zu hart befragt."

Satorius erwiderte nichts. Er legte Zeige – und Mittelfinger seiner rechten Hand an die Schläfe und wartete.

„Sie sagten, ich hätte den Entführer gefoltert. Und deswegen darf ich mein Kind nicht mehr sehen. …Ich hätte den Mistkerl töten sollen." Ich erhob mich abrupt, stieß dabei an den Tisch, das Geschirr wackelte und mein Kaffee, der bereits kalt war, schwappte über. „Ich muss jetzt gehen", sagte ich.

„Wir sehen uns doch wieder?", fragte Satorius.

Ich zögerte, bevor ich antwortete: „Vielleicht."

Ich ließ Satorius im Esszimmer zurück, holte

meine Jacke und ging hinaus zu meinem Wagen. Bald würde ich das Präsidium betreten, in dem ich fast ein ganzes Jahrzehnt tätig gewesen war. Ein Umstand, der mich nicht kalt ließ – schon gleich gar nicht nach meinem soeben geführten Gespräch mit Satorius.

23

Acht Jahre hatten wir zusammengearbeitet und jetzt saß ich vor seinem Schreibtisch und er betrachtete mich wie eine Fremde. Er versuchte, nett zu mir zu sein, bemühte sich hin und wieder um ein Lächeln, aber ich kannte ihn genau. Seine vorsichtigen Fragen, seine unverbindlichen Kommentare – all das deutete darauf hin, dass die Vertrautheit, die einst zwischen uns bestanden hatte, verloren gegangen war.

Polizeioberkommissar Ralf Lambrecht schob die Fotos, die ich ihm mitgebracht hatte, auf seinem Schreibtisch umher. Er ordnete sie rechtwinklig auf seiner Tischplatte an. Das tat er aber nur, weil er nicht wusste, was er mit mir reden sollte.

„Und“, fragte er schließlich, „wo hast du die gefunden?“

„Ich bin zufällig darüber gestolpert.“

„Zufällig?“ Er lehnte sich zurück und musterte mich aus halb gesenkten Lidern hindurch.

„Ja, ich habe in einem Selbstmord ermittelt und da

stieß ich auf eine Speicherkarte mit dieser Datei."

„In einem Selbstmord? Seit wann ermittelt man bei einem Suizid?"

„Ach", meinte ich, „nur so formales Zeug. Verwandte ausfindig machen, bestehende Konten zusammensuchen... Du kennst das ja."

„Kannst du von solchen Routinearbeiten tatsächlich leben?"

Ich lächelte. „Wenn ich keine allzu großen Sprünge mache – dann schon."

Er bedachte mich erneut mit einem nachdenklichen Blick und sah zurück auf die Bilder, die vor ihm auf der Tischplatte lagen. „Typische Kinderpornographie. Der Täter ist kaum zu erkennen. Der Ausschnitt des Gesichts reicht höchstwahrscheinlich nicht dazu aus, ihn zu identifizieren. ...Wir werden es trotzdem probieren. Vielleicht ist es ein Bekannter deines Suizidopfers."

„Soweit bin ich auch schon gekommen. Ich kann dir den Namen und seine bisherige Adresse sagen."

„Bisherige?"

„Als ich ihn zur Rede stellen wollte, hat er sich verdrückt."

„Kannst du mir die Adresse gleich geben?"

„Sie steht auf dem Blatt, das sich bei den Fotos befindet."

Ralf schob die Bilder auf seinem Schreibtisch beiseite, bis der entsprechende Zettel zum Vorschein kam. Er zog ihn heraus, las Namen und Adresse. Dann pfiff er durch die Zähne. „Junge, Junge. Ein Priester!", sagte er.

„Ein Kaplan", berichtigte ich ihn.

„Diese Pfaffen", sagte er verächtlich. „Das sind doch alles verkappte Kinderschänder und Perverse!"

„Bei weitem nicht alle“, korrigierte ich ihn, mehr als eine Spur zu heftig.

Erstaunt horchte er auf und wieder hielten mich seine Augen für kurze Zeit fest. „Du warst doch früher nicht gut auf die Kirche zu sprechen.“

„Bin ich auch jetzt nicht. Aber ich habe mir angewöhnt, Vorurteile nicht zu verallgemeinern.“

Er zuckte mit den Schultern. „Wie auch immer. Ich werde mit den Beweisen zum Staatsanwalt gehen. Und sobald wir die Identität des Mannes verifiziert haben, werden wir einen Haftbefehl erlassen.“

Ich erhob mich aus dem Besucherstuhl, in dem ich gesessen hatte. Mittlerweile fühlte ich mich unbequem und ich konnte es kaum erwarten, aus dieser Enge herauszukommen.

„Wie geht’s dir sonst so?“, fragte er unvermittelt. Er stand jetzt ebenfalls. „Wenn ich es nicht besser wüsste, würde ich meinen, die blauen Flecken, die ich an deinem Hals erkenne, sind Würgemale.“

Ich lächelte. „Du irrst dich. Wenn dem so wäre, hätte ich garantiert noch jemanden bei dir angezeigt.“

Er nickte und wies in Richtung meiner Hüfte. „Du trägst deine Waffe? Hast du deinen Schein zurückbekommen, oder muss ich dich jetzt verhaften?“

„Ich habe einen Waffenschein.“

„Nimm‘s mir nicht übel, aber das hätte ich nicht gedacht.“

„Tja“, meinte ich trocken, „du kannst es im Zentralcomputer überprüfen. Ich habe meine Lizenz.“

„Nein, nein. Ich glaube dir schon“, beeilte er sich zu sagen. „Aber wie hast du das nur geschafft?“

„Du meinst sicherlich, ich habe jetzt besondere Beziehungen. Aber in Wirklichkeit habe ich nur einen gut formulierten und wohl begründeten Antrag gestellt."

Ralfs Miene zeigte mir überdeutlich, dass er mir nicht glaubte.

Ich hatte mich halb zur Tür gedreht, als er fragte: „Soll ich dich rausbringen, oder…?"

Ich blickte zurück zu ihm. „Das ist nicht nötig. Hinaus finde ich schon alleine. Und wenn man einmal hinausgegangen ist, schafft man das immer wieder."

Ralf biss sich auf die Lippen und vermied es, mich direkt anzusehen. „Wäre schön, wenn wir uns mal wieder über den Weg laufen würden. Alles Gute."

„Das wünsche ich dir auch", sagte ich und ließ ihn stehen.

24

Aus alter Gewohnheit hatte ich meinen Golf auf dem Parkplatz der Einsatzkräfte abgestellt. Niemand hatte sich daran gestört. Ich startete den Motor, fuhr unter der offenen Schranke hindurch und war bald auf der vielbefahrenen Hauptstraße.

Ich musste an einer Ampel halten und beobachtete routinemäßig die Fahrzeuge im Rückspiegel. Ein dunkler Mittelklassewagen befand sich zwei Autos hinter mir. Dessen Fahrer trug trotz des trüben Wetters eine Sonnenbrille.

Ohne vorher zu blinken, bog ich scharf links ab, beschleunigte und wartete an der nächsten Ampel. Das dunkle Auto blieb verschwunden.

Als es grün wurde, fuhr ich zielgerichtet zu Frau Dr. Hofmanns Praxis. Ich musste mich nicht beeilen, konnte mir Zeit nehmen und genoss das intensive Farbenspiel des Herbstlaubs, das den trüben Tag zumindest ein wenig freundlicher wirken ließ.

Der Opel hinter mir wurde überholt und ein

dunkler Wagen drängte sich zwischen uns. Ich blickte in den Rückspiegel.

Mein Freund mit der Sonnenbrille war zurück.

25

Bei der Arztpraxis angelangt, stieg ich aus. Dabei sah ich mich unauffällig um. Keine Limousine, kein Verfolger.

Nur zur Sicherheit überquerte ich rasch die Straße, und ging auf eine Art Scheune zu, die sich dort befand. Ich öffnete das Tor. Schnell trat ich ein.

Ich verbarg mich hinter der Tür und wartete. Ich wartete, dass der schwarze Wagen vorbeifahren würde. Nichts geschah. Vielleicht hatte ich mich doch geirrt. Vielleicht war es doch nur Zufall und keine gezielte Verfolgung gewesen. Oder vielleicht begann ich schon, leicht paranoid zu werden.

Ich verließ mein Versteck, ging hinüber zu Frau Dr. Hofmanns Haus und klingelte. Lorenzo öffnete mir. „Komm nur rein, wir sind schon fertig."

Satorius saß im Rollstuhl, daneben Paul in einem der Wohnzimmersessel des Warteraums. Paul hielt sich sehr gerade und lächelte mir zu, als ich eintrat. Ein dunkelroter Bluterguss zeichnete die rechte Seite seines Kinns, weshalb sein Lächeln etwas schief ausfiel.

„Und? Wie geht es unserem Patienten?“, fragte ich.

„Wie ich gesagt habe“, bemerkte Satorius. „Nichts gebrochen. Eine Unzahl geprellter Rippen, zahlreiche, sehr schmerzhafte Quetschungen, aber keine inneren Verletzungen.“

„Das ist doch wirklich erfreulich“, meinte ich, griff nach dem schweren Bonbonglas, das auf einem der Tischchen stand und angelte mir eine der verlockend aussehenden Süßigkeiten heraus.

Pauls Gesicht war noch blass, aber auch ihm war die Erleichterung anzusehen, dass keine der Verletzungen langwierige Folgen haben würde.

„Ist alles erledigt?“, erkundigte er sich, an mich gewandt.

Schlagartig wurden wir alle ernst.

„Ich habe Anzeige erstattet.“

Schweigen senkte sich über den Raum. Die unbeschwerte Fröhlichkeit, die uns gerade noch erfüllt hatte, war wie verflogen.

Frau Dr. Hofmann kam aus dem Behandlungszimmer und streckte mir zur Begrüßung ihre Hand entgegen. „Herr Wagner hat mir gesagt, Sie waren dabei, als er angegriffen wurde. Sind Sie auch verletzt?“

Ich verneinte mit einer kleinen Geste meiner Hand. „Mir ist nichts Bleibendes passiert.“

„Das an Ihrem Hals muss nicht untersucht werden?“

„Eine Lappalie“, sagte ich. „Die geht von alleine weg. …Obwohl ich es schon fast bedauere, mich hier nicht untersuchen lassen zu müssen, so gemütlich es bei Ihnen eingerichtet ist."

„Nun", lächelte die Ärztin. „Ich bin der Meinung, dass die Patienten, die zu mir kommen, schon genug Sorgen haben. Meine Praxis soll ein Ort sein, an dem sie sich wohlfühlen - ein Ort, an dem sie beginnen, sich mit ihrer Krankheit im positiven Sinn auseinanderzusetzen. ...Und ein Mensch, der so etwas tut, dem gelingt es auch leichter, seine Krankheit zu überwinden."

„Das klingt überzeugend", sagte ich.

„Ich bin zwar nur ein kleines unbedeutendes Rädchen in unserer Gemeinde, aber ich versuche, das wenige, das ich zu leisten vermag, gut zu machen."

Satorius mischte sich ein. „Frau Dr. Hofmann ist wieder viel zu bescheiden. Sie ist ein ganz wichtiges Mitglied der Diözese. Nicht nur sämtliche hohen Würdenträger lassen sich von ihr behandeln, sondern sie kümmert sich auch vorbildlich um alle anderen Gemeindemitglieder, die den Weg zu ihr finden."

„Als wir gestern zusammen hier waren, hat mich Paul schon auf das große Engagement von Frau Dr. Hofmann aufmerksam gemacht. Ich finde das wirklich bemerkenswert", meinte ich.

„Aber das ist doch normal", winkte die Ärztin ab. „Ich habe von Gott immer das bekommen, worum ich gebeten habe und dieses Geschenk möchte ich einfach weitergeben." Sie sah, wie sich bei ihren Worten etwas in meinem Gesicht veränderte. Ich fand das alles eine Spur zu aufgesetzt. Aber die Ärztin lächelte mich offen an. „Ich behandle auch Patienten, die der Religion – sagen wir einmal – kritisch gegenüberstehen. Für mich steht immer das Heil und das Wohl jedes Einzelnen im Mittelpunkt."

Paul erhob sich. Er zitterte verhalten, aber er

konnte alleine stehen. „Wir haben noch viel vor. Ich fürchte wir müssen uns verabschieden. Und am Sonntag wollen wir Sie auch nicht über Gebühr belasten."

„Einen Moment noch, Herr Wagner", meinte sie und überreichte ihm einen Plastikbeutel mit drei braunen Fläschchen.

„Was ist das?", fragte er.

„Homöopatische Mittel. Sie nehmen jeweils fünfzehn Tropfen davon. Früh und abends. Das stärkt die Abwehrkräfte und unterstützt den Körper, sich selbst zu heilen. Das ist besser als jedes Antibiotikum."

„Sie setzen auch auf Naturheilmethoden?", fragte ich. „Das ist selten bei einer ausgebildeten Ärztin."

„Selten, aber nicht ungewöhnlich. Ich nutze das, was meinen Patienten hilft. Und das bekommen sie von mir." Sie lächelte.

Wir begaben uns nach draußen, wobei Lorenzo hinter Satorius' Rollstuhl lief. Eine behindertengerechte Rampe war vorhanden.

„Schöne Skulpturen", sagte ich noch und deutete auf die kunstvoll gestalteten Holzplastiken.

Frau Dr. Hofmann wurde ernst. „Finden Sie?"

„Nun, sie geben dem Grundstück etwas Geheimnisvolles. Mich würde interessieren, was der Künstler damit ausdrücken wollte."

„Sie meinen: *die Künstlerin*", entgegnete Frau Dr. Hofmann und so, wie sie das Wort *Künstlerin* betonte, blieb kein Raum für Zweifel, wen sie damit meinte. Weil es mir so vorkam, dass ihr dieser Punkt wichtig zu sein schien, fragte ich aus Höflichkeit dennoch nach. „Die sind von Ihnen?"

„Ja, die habe ich geschaffen. …Und wenn wir

einmal mehr Zeit haben, werde ich Ihnen gerne erklären, was sie bedeuten."

„Ah, da freue ich mich schon", meinte ich und erwiderte das herzliche Lächeln, das auf Frau Dr. Hofmanns Gesicht erschienen war.

Wir verabschiedeten uns von ihr und ich war erstaunt, dass Paul mit zu meinem Golf ging. In der Zwischenzeit war Lorenzo Satorius dabei behilflich, vom Rollstuhl in ihren dunkelblauen Mercedes Van zu wechseln. Satorius winkte mir zum Abschied zu und dann warf Lorenzo die Tür hinter ihm ins Schloss. Nachdem er den Rollstuhl mithilfe einer Hebeanlage im Ladebereich verstaut hatte, setzte sich Lorenzo ans Steuer und der Wagen verließ unser Blickfeld.

„Was machen wir jetzt?", fragte Paul.

„*Wir*? So, wie du aussiehst, gehörst du ins Bett. Für mindestens eine Woche."

„Hinlegen kann ich mich später. Ich würde jetzt sowieso keine Ruhe finden. …Und wenn du mir den Sitz im Auto etwas nach hinten kippst, bin ich sicher, dass ich durchhalte." Pauls gesamte Haltung signalisierte unnachgiebige Entschlossenheit.

Ich gab auf. „Verrückt genug bist du", meinte ich, beugte mich in meinen Wagen und begann, die Rückenlehne des Beifahrersitzes zu verstellen.

„Du hast mir noch immer nicht gesagt, was wir jetzt machen", hörte ich Paul hinter mir.

„Nun", sagte ich über meine Schulter, während ich arbeitete. „Wir könnten noch einmal zu der Lagerhalle von gestern und uns umschauen. Aber ich denke nicht, dass wir dort etwas Brauchbares finden werden. Ich würde lieber zu der Pfarrei fahren, in der der Kaplan gearbeitet hat."

„Zu welchem Zweck? Damit der Pfarrer uns bestätigt, dass er den Kaplan gewarnt hat? Glaubst du, das bringt etwas?“

Ich richtete mich auf und sah in Pauls zweifelndes Gesicht.

„Lass uns böse Ermittlerin und böser Priester spielen. Mal sehen, was Pfarrer Winkelmann dann ausspuckt.“

Die Skepsis wich allmählich aus Pauls Miene und machte einem verschlagenen Grinsen Platz.

26

Bei Tageslicht wirkte das Pfarrhaus noch größer und wuchtiger. Kurz nachdem Paul die Klingel betätigt hatte, wurde die Tür aufgerissen und Pfarrer Winkelmann stand vor uns. Diesmal trug er einen makellosen schwarzen Anzug, darunter ein schneeweißes, offensichtlich neues Hemd und sein graues Haar war sorgfältig gekämmt.

„Was wollen Sie schon wieder?“, schnauzte er uns an.

Paul antwortete nicht. Ich trat nach vorne, ergriff den Arm des Pfarrers und schob ihn rückwärts. Ohne weiteren Kommentar traten Paul und ich ein.

Das Wohnzimmer schien frisch aufgeräumt. Alles sah sauber und ordentlich aus.

„Sie kommen zu spät“, sagte der Pfarrer.

Paul blieb einen Augenblick stehen. „Wie meinen Sie das?“

„Die Kriminalbeamten, die Sie auf mich gehetzt haben, waren bereits da. Und sie haben nicht aufgehört, mir Fragen zu stellen. Mir! – als hätte ich etwas damit zu tun!“ Er schnaubte empört, ging vor uns im Raum auf und ab, wie ein gefangenes Tier. „Sie haben mir Fragen gestellt!“, wiederholte er. „Immer wieder! Nach meinem Kaplan! Als wüsste ich, was er in jeder freien Sekunde machen würde! Als wäre ich für ihn verantwortlich! Sie haben mich dargestellt…“ – er verharrte, suchte krampfhaft nach Worten, „Sie haben mich behandelt, wie einen Verbrecher. Ich konnte heute nicht einmal meine Gottesdienste halten! Ein Kollege musste für mich einspringen!“ Er wartete, welche Wirkung seine anklagenden Worte auf uns hatten.

Paul blieb eine Weile stumm. Dann sagte er: „Sie sind kein Verbrecher. Sie sind nichts anderes als ein mieses Schwein.“

Jede Farbe, die noch im Gesicht des Pfarrers war, wich daraus. Seine Haut wurde schlagartig grau und durchsichtig.

Paul ging zu einem der Stühle am Esstisch, zog ihn heraus und ließ sich schwerfällig darauf nieder. Ich lehnte mich an die Wand und schob meine Jacke vorsorglich zur Seite, so dass ich bei Bedarf schnell an meine Waffe kommen würde.

„Was haben Sie gesagt?“, fragte der Pfarrer Paul.

„Sie haben mich schon gehört. Sie sind schlimmer als ein Verbrecher. Entweder waren Sie an diesen Gräueltaten irgendwie beteiligt, oder – was genauso schlimm ist – Sie haben es gewusst und ignoriert.“

„Das ist eine Lüge!“, schrie der Pfarrer. Seine Stimme schallte durch das Zimmer. Er hatte beide Fäuste geballt, sie hoch an seine Brust gepresst. „Das ist eine Unverschämtheit! Ich werde mich beim Bischoff über Sie beschweren!“

Paul blieb ruhig. „Viel Spaß. Sie glauben doch nicht, dass Sie dort noch Unterstützung finden werden, nach dem was Sie hier angestellt haben."

„Was habe ich getan? Ich führe seit über zwanzig Jahren meine Gemeinde vorbildlich. Ich erfülle alle meine Pflichten!"

„Ja, all Ihre Pflichten", Pauls Stimme hatte jede Spur von Gefühl verloren. „Und dann landen bei uns solche Fotos auf dem Tisch! Glauben Sie, dass das Zugrunderichten dieser Kinderseelen auch zu Ihrem Aufgabenbereich gehört?"

Als die letzten Worte von Paul durch den Raum klangen, veränderte sich die Haltung des Pfarrers schlagartig. Er ließ seine Arme sinken, seine Hände öffneten sich und hingen schlaff an seinen Seiten herab. Es schien, als habe ihn mit einem Mal jegliche Kraft verlassen.

„Wenn Sie sich alles genau überlegen, wenn Sie tief in sich hineinschauen, dann ist Ihnen klar, dass Sie gewusst haben, was Ihr Kaplan so treibt. Sie waren sehr wohl im Bilde. Sie haben die Kinder gesehen, die bei ihm in seinem sogenannten *Sportverein* waren. Sie haben sie gesehen, bevor und nachdem er sich mit ihnen beschäftigt hatte. Sie haben gemerkt, dass die Kinder verängstigt waren, dass die Kinder sich nicht so verhielten, wie sie es normalerweise tun. Geben Sie es zu!"

Pfarrer Winkelmann langte sich mit beiden Händen an den Kopf und drückte die Handflächen auf seine Augen. Dann bebte sein gesamter Körper. Er schwankte. Ich hatte Bedenken, dass er stürzen würde. Er nahm die Hände vom Gesicht und wandte sich mit einer Geste der Hoffnungslosigkeit an Paul. „Was hätte ich denn tun sollen? Selbstverständlich haben Sie recht. Selbstverständlich habe ich die Kinder gesehen. Selbstverständlich habe ich mir Gedanken gemacht. Aber niemals – glauben Sie mir – niemals hätte ich gedacht, dass Kaplan Wittgen so etwas tun könnte. Niemals – nicht in meinen schlimmsten Träumen."

Pauls Gesicht war hart, ohne eine Spur von Mitleid. „Das soll ich Ihnen glauben? Soll ich Ihnen sagen, was ich von Ihnen halte? Sie haben doch die Bilder mit uns betrachtet! …Anfangs war ich davon überzeugt, dass die Fotos alle mit Selbstauslöser geschossen worden sind. Aber heute Nacht hatte ich viel Zeit zum Nachdenken. Ich sah diese grässlichen Fotografien wieder vor mir. Und wissen Sie, was mir da aufgefallen ist? Soll ich Ihnen das sagen? Ich bin der Meinung, dass jemand fotografiert hat. Und was denken Sie, wen ich für den Fotografen halte?" Paul legte seine lange sehnige Hand auf den Tisch und klopfte mit dem Zeigefinger ein paarmal auf das Holz. Es klang dunkel und dumpf. „Ich bin mir sicher, dass Sie hinter der Kamera standen. Sie haben die Aufnahmen gemacht."

Die Augen des Pfarrers weiteten sich vor Entsetzen. „*Ich*? Niemals! Sie irren sich! Niemals in meinem Leben könnte ich Kindern so etwas antun!"

„Ach nein?" Paul lehnte sich zurück. Seine Augen hielten den Pfarrer gnadenlos fest. „Überzeugen Sie mich."

Der Pfarrer begann zu zittern. Schweiß stand auf seiner Stirn. Er wischte sich nervös über den Mund. „Wie kann ich Sie überzeugen? Wie kann ich das?"

„Wenn Sie nicht den Auslöser am Fotoapparat betätigt haben, muss es jemand anders gewesen sein. Jemand, der sehr vertraut mit Ihrem Kaplan war.

Jemand…“, Paul machte eine Pause, „jemand, der die *kleinen Geheimnisse* dieser Gemeinde hier sehr gut kennt und vor dem Ihr Kaplan keine Angst haben musste, wenn er seine Perversitäten auslebte.“

Pfarrer Winkelmann schwieg.

„Erinnern Sie sich an das einzige Foto, auf dem ein Teil des Gesichtes des Kaplans abgebildet ist? Es trägt einen triumphierenden Ausdruck. Wittgen war stolz auf das, was er da tat. Er schämte sich in keinster Weise – nicht einmal vor dem, der hinter der Kamera stand und der ihn bei seinen Verbrechen aufgenommen hat. …Also, ich frage Sie jetzt noch einmal: mit wem, wenn nicht mit Ihnen, war Ihr Kaplan so eng befreundet und so vertraut, dass er sich bei seinen Verbrechen von ihm fotografieren ließ?“

Pfarrer Winkelmann sah Paul direkt an, wobei er sich seine Haare nach hinten strich. Die Geste wirkte, als habe er sie jahrelang trainiert, um Überlegenheit und Autorität zu signalisieren. Doch jetzt erreichte er damit das genaue Gegenteil. „Wittgen hatte Freunde. Bekannte aus der Studienzeit.“

„Freunde?“

„Ja. Sie trafen sich regelmäßig. Manchmal fuhr er mit ihnen weg.“

„Und diese *Freunde*, haben die auch Namen?“

„Namen? Nein, Namen weiß ich keine. Ich kann mich jedenfalls an keine erinnern. Ich denke, der Kaplan hat mir nie welche genannt.“

„Dann ist alles, was Sie uns sagen können, dass Ihr Kaplan ab und an Besuch von sogenannten Studienkollegen bekam?“

„Er hat sie mir nie vorgestellt. Sie warteten immer auf der Straße. Er hatte seine Reisetasche gepackt. Sie saßen in einem Auto. Er ging hinaus, warf sein Gepäck in den Kofferraum und los ging's."

„Das Auto: welcher Typ Wagen war das?"

„Eine Limousine. Eine dunkle, große Limousine, nehme ich mal an. Ich habe nicht darauf geachtet."

„Das Kennzeichen? Ist Ihnen da etwas aufgefallen?"

Der Pfarrer stutzte. „Der Wagen war nicht von hier. Er war von auswärts."

„Ihr Kaplan wurde gelegentlich von einem Auto abgeholt. Wann fanden diese *Trips* statt?"

„Immer unter der Woche. Unterschiedlich. Nie am Wochenende. An Wochenenden haben wir zu viel zu tun. Er wurde abgeholt. Zwei Tage später kam er wieder zurück. Er meinte, er bräuchte das. Und meiner Meinung nach haben ihm die Kurzurlaube sehr gut getan."

„Tja, mittlerweile wissen wir, womit er diese Auszeiten verbracht hat", sagte Paul schneidend.

Der Pfarrer senkte den Kopf und presste die Lippen aufeinander.

„Und sonst, können Sie sich an nichts erinnern? Wenn Sie ihn benötigt haben, während er weg war, was haben Sie da gemacht? Wie konnten Sie ihn erreichen? Hatte er ein Handy?"

„Nein", meinte der Pfarrer, „er hatte kein Handy. Er gab mir eine Telefonnummer."

„Haben Sie die noch?"

„Die müsste sich bei meinen Unterlagen befinden", sagte der Pfarrer. Er verschwand in einem Nebenraum. Wir hörten, wie eine Schublade geöffnet wurde und das Rascheln von Papieren. Nach einigen Minuten kam er zurück und hielt uns einen Zettel entgegen. Einige Zahlen waren darauf geschrieben.

„Da habe ich ihn immer erreicht, wenn er weg war.“

Paul nahm die Notiz. Wir standen auf und gingen, ohne uns zu verabschieden.

27

Wir tippten die Telefonnummer, die uns der Pfarrer gegeben hatte, in Pauls Smartphone ein. Ein paar Sekunden später spuckte uns die App alle Angaben aus, die wir benötigten: Der Anschluss gehörte zu einer Pension Schwalbe und deren Adresse war ebenfalls gelistet.

Unsere Fahrt dauerte rund drei Stunden, unterbrochen von einem Mittagessen in einer Rastanlage. Jetzt standen wir hier, nahe der Grenze zu Tschechien und blickten zu dem Ort, zu dem sich der Kaplan immer dann begeben hatte, wenn er von seinen sonderbaren Freunden abgeholt worden war.

Das Gebäude befand sich am Ende einer Stichstraße. Ringsum erstreckten sich abgeerntete Felder. Dunkler Humus war aufgerissen, soweit das Auge reichte. Zwischendrin stand ein einsamer Baum, knorrig und nahezu blattlos, bereit für seinen Winterschlaf.

Die Pension machte einen heruntergekommenen

Eindruck. Farbe blätterte von der Fassade. Die Dachziegel waren alt und vermoost. Das Haus stammte vielleicht aus den fünfziger oder sechziger Jahren, hatte schon wesentlich bessere Zeiten gesehen und wartete ganz eindeutig auf die Abrissbirne.

Die Gegend an sich mochte im Sommer für Wanderer und Familien einladend sein, die ihren Urlaub auf dem Lande verbringen wollten. Aber hier, hier hatten sich Personen getroffen, die in ihrer Freizeit ganz andere Dinge taten, als die Natur zu genießen.

Wir gingen zum Eingang und versuchten die Tür. Sie war abgeschlossen. Wir klingelten, doch niemand reagierte. Das Gebäude wirkte verlassen.

Ein Traktor bog von einem der Felder auf die einsame Straße ab und bewegte sich auf uns zu. Kurzerhand stellte ich mich an den Rand der Fahrbahn und wartete, bis er vor uns Halt machte. Der Fahrer trug eine hellbraune Drillichhose und einen abgewetzten Plastikanorak. Auf seinem Kopf thronte eine grüne Schirmmütze. Ich machte ihm ein Zeichen, dass ich ihn nicht verstehen konnte, indem ich auf meine Ohren deutete.

Er würgte seinen Motor ab und beugte sich zu mir heraus. „Na, schöne Frau, was kann ich für Sie tun?“

„Diese Pension da drüben…“, ich deutete auf das Haus, „wir haben geklingelt, aber da macht keiner auf.“

Der Bauer schüttelte den Kopf. „Da ist niemand. Die Herberge gehört Familie Brandelmess unten im Dorf. Die haben da noch ein richtiges Hotel. Das hier, das ist eigentlich das ganze Jahr über geschlossen.“

„Eigentlich?“

„Na ja, ab und zu vermieten sie es schon. Aber in diesem Zustand, wer will da hin? Die Besitzer versuchen seit Jahren, es zu verkaufen. Nur haben sie bislang keinen gefunden, der dumm genug wäre, sich solch ein heruntergekommenes Haus ans Bein zu hängen."

„Familie Brandelmess", hakte ich nach, „wo finde ich die?"

Bereitwillig gab er mir eine Wegbeschreibung. „Es ist ein großes Hotel mit Gaststätte und Metzgerei. Sie können es gar nicht verfehlen."

Ich bedankte mich, der Bauer griff sich zum Gruß an den Schirm seiner Kappe und warf den Traktor an, der sich laut schnaubend mit blaugrauen Abgasstreifen aus unserem Blickfeld entfernte und dabei dicke Erdbrocken von seinen Reifen auf die Fahrbahn warf.

„Der ideale Platz", sagte Paul, als wir wieder im Auto saßen.

„Ja", antwortete ich. „Niemand sieht, wer hier absteigt. Und niemand hört die Schreie."

Wir steuerten die nächste Ortschaft an. Der Tag begann, sich davonzustehlen. Ein grauweißer Himmel senkte sich herab, verlor seine Konturen und tauchte alles in ein unwirkliches Zwielicht.

Das Hotel war in der Tat nicht zu übersehen. Frisch renoviert und auf Landhaus getrimmt, stand es beim alten Dorfbrunnen im Zentrum der kleinen Ortschaft. Wie es der Bauer beschrieben hatte, befand sich direkt daneben die hauseigene Metzgerei. Im Geschäft brannte Licht. Ich parkte davor und hielt Paul zurück, der sich anschickte, auszusteigen.

„Was ist?", fragte er.

„Uns ist beiden klar, dass die Selbstmorde irgendwie mit dem Pädophilenring zusammenhängen müssen, sonst hätten wir die Speicherkarte mit den Bildern nicht bei Bernhard gefunden."

Pauls Miene wirkte verschlossen. „Das weiß ich", meinte er einsilbig.

„Es könnte sein, dass Cornelia und Bernhard mit dieser ganzen Sache hier etwas zu tun hatten", fuhr ich fort und bemühte mich um einen möglichst sachlichen Tonfall.

„Das ist ausgeschlossen", brauste Paul auf. Er richtete sich kerzengerade auf, nur um gleich darauf mit schmerzverzerrtem Gesicht in seinen Sitz zurückzusinken.

„Ausgeschlossen? Denk doch mal nach. Wir haben die Selbstmorde verfolgt und *ganz zufällig* sind wir auf diese Pädophilen gestoßen, zu denen *ganz zufällig* noch euer obskurer Kaplan gehört."

Der Blick von Paul wurde hart. Die Muskeln in seinem Gesicht spannten sich an. „Das ist nicht *unser* Kaplan. Das weißt du genau."

Ich machte eine ungeduldige Kopfbewegung. „Ach, jetzt dreh mir die Worte nicht im Mund herum. So habe ich das nicht gemeint. Wir haben die Suizide überprüft und sind auf mehrere Personen gestoßen, die Kinder missbrauchen. Wie wir das weiter verfolgt haben, sind wir wieder dort angekommen, wo wir angefangen hatten. …Und Bernhard war begeisterter Hobbyfotograf, das dürfen wir nicht vergessen. Vielleicht hat er die Fotos sogar selbst geschossen."

Pauls Miene war völlig fassungslos. „Es ist dir ernst damit! Du hältst es tatsächlich für möglich, dass unsere Suizidopfer eine aktive Rolle bei den Pädophilen gespielt haben!"

„Wir können es zum jetzigen Zeitpunkt jedenfalls nicht völlig ausschließen."

Paul schüttelte vehement den Kopf. Seine Stimme klirrte bei den nächsten Worten: „Das kann nicht sein! Das ist unmöglich! Das kann und will ich nicht glauben!"

Ich betrachtete Paul nachdenklich und meinte schließlich: „Dann lass uns in dieser Beziehung Sicherheit erlangen."

28

Die Eingangstür der Metzgerei Brandelmess war abgesperrt, aber ich sah im hinteren Bereich Leute in weißen Kitteln arbeiten. Ich klopfte an die Scheibe. Einer der Männer kam nach vorne, sperrte uns auf und meinte: „Wir haben aber schon geschlossen."

Ich setzte mein charmantestes Lächeln auf: „Das Dekanat schickt uns. Wir würden gerne den Chef sprechen."

„Das Dekanat? Einen Moment bitte." Der Metzger verschwand nach hinten.

Paul stierte mich ungläubig an. „Wie kannst du nur immer so lügen, ohne rot zu werden?"

„Was heißt hier *immer*? ...Außerdem war das nicht gelogen. Ich habe die Wahrheit nur ein wenig ...*gedehnt*. Du bist doch schließlich vom Dekanat. Und ich arbeite für dich."

Ein untersetzter Mann mit Halbglatze kam uns entgegen. Er beäugte mich misstrauisch. „Sie sind von der Kirche?"

Ich machte einen Schritt zur Seite, damit er Paul und damit dessen weißen Kragen besser sehen konnte. Der Mann warf einen Blick auf Paul und sein Argwohn verschwand. Jetzt konnte ich antworten.

„Ja sicher", sagte ich mit einem unschuldigen Lächeln.

„Wie kann ich Ihnen helfen?"

„Ich darf mich zunächst vorstellen. Mein Name ist Steinbach und das hier ist Pater Wagner. …Sie müssen wissen, ich bin Immobilienmaklerin. Und das Dekanat hat mich beauftragt, für das katholische Bildungswerk gemeinsam mit Herrn Pater Wagner nach geeigneten Räumlichkeiten Ausschau zu halten. …Vielleicht haben Sie schon davon gehört? Das katholische Bildungswerk plant mehrtägige Schulungsreihen, die aufs Jahr verteilt sicherlich mindestens einmal im Monat stattfinden sollen. Und dafür werden neue Seminarräume sowie auch Gästezimmer benötigt, die die Kirche anmieten oder eventuell sogar ankaufen möchte." Ich machte eine Pause, um unbedarft fortzufahren: „…Nachdem uns gute Referenzen von einem unserer Kaplane über die Zusammenarbeit mit Ihnen vorliegen…"

"Oh!", unterbrach mich der Mann. „Das war sicherlich Kaplan Wittgen" Sein Gesicht hatte sich während meiner kleinen Ansprache von höflichem Interesse zu einem sehr geschäftsmäßigen Lächeln entwickelt. Als ich nickte und ihm dadurch bestätigte, dass wir die Informationen vom Kaplan hatten, strahlte er regelrecht.

„Dann möchte ich mich auch vorstellen", meinte er eifrig. „Ich heiße Brandelmess. Walter Brandelmess. …Aber bitte, kommen Sie doch herein. Gleich hinten haben wir ein Büro. Meine Frau ist dort und macht gerade die Kasse. Das wäre doch ein guter Ort, um Ihre Fragen zu beantworten."

Ich lächelte dem Metzgermeister zu und er geleitete uns durch den großzügigen Laden über einen engen Flur in ein kleines, aber zweckmäßig eingerichtetes Arbeitszimmer.

Eine ältere Frau mit vom Friseur sorgfältig gesträhnten Haaren saß am Schreibtisch und war in das Zählen der Tageseinnahmen vertieft. Als ihr Mann mit uns im Schlepptau eintrat, blickte sie unwirsch auf und legte ihre Hände mit einer besitzergreifenden Geste auf die Geldscheine vor sich. In ihrem Gesicht bildeten sich Gewitterwolken. So, wie sie aussah, wollte sie gerade zu einer Schimpfkanonade ansetzen, als ihr Blick auf Paul fiel. Augenblicklich verschwand der Ärger aus ihrem Gesicht, das jetzt lammfromm wirkte.

„Walter! Wen hast du uns denn zu so später Stunde hergebracht? Sehe ich da richtig, ist es ein Priester?", flötete sie. Behände suchte sie dabei die Geldscheine auf dem Schreibtisch zusammen, bündelte sie mit einem Gummi und steckte das Ganze in eine Schublade, die sie anschließend sorgfältig schloss.

Ihr Mann kratzte sich verlegen am Kopf, um dann zu antworten. „Maria, das sind Pater Wagner und Frau Steinbach. Sie sind vom Dekanat geschickt worden. Sie sind auf der Suche nach geeigneten Häusern für die katholische Bildung. Sie benötigen Schulungsräume. …Und da dachte ich spontan an unsere Pension Schwalbe."

Frau Brandelmess warf ihrem Mann einen einzigen kurzen Blick zu. Dann stand sie auf, streckte ihren Arm aus, um uns nacheinander herzlich die Hände zu schütteln. „Aber nehmen Sie doch bitte Platz, Frau Steinbach und Pater Wagner. Darf ich Ihnen etwas anbieten?"

Wir hatten kaum Zeit, mit dem Kopf zu schütteln, als die Frau auch schon fortfuhr. „Unsere Pension Schwalbe - …ja, die kann ich Ihnen wirklich *wärmstens* empfehlen. Sie ist sehr idyllisch gelegen. Mitten im Grünen. Alles ist sehr ruhig. Die Luft ist gut. …Ich denke, das Gebäude wäre für Schulungen bestens geeignet."

„Kaplan Wittgen hat uns empfohlen, Maria", warf der Metzgermeister ein.

„Ja, unser lieber Kaplan Wittgen", nahm seine Frau den Faden auf. „ Wenn Sie ihn kennen, brauche ich gar nicht mehr viel erzählen. Er ist regelmäßiger Stammgast bei uns und bucht die Pension häufig mehrere Tage für seine Kindercamps. …Und er ist stets *sehr* zufrieden. Ihm gefällt die Abgeschiedenheit und die einfache und doch zweckmäßige Ausstattung unseres Hauses." Frau Brandelmess schenkte uns ein Lächeln. „Er meint, das kommt ihm, dem Betreuungspersonal und den Kindern sehr gelegen. So könne man sich auf das Wesentliche konzentrieren." Die Metzgersfrau beugte sich zu uns vor. „Wissen Sie, was der Kaplan immer zu mir sagt? …Er sagt: *Frau Brandelmess, ihre Pension schickt der Himmel. Sie ist ein idealer Ort, um eins mit den Bedürfnissen von Körper, Geist und Seele zu werden.*"

Während ihrer Schilderung hatte sich der entsetzte Ausdruck auf Pauls Gesicht mehr und mehr verstärkt. Doch Frau Brandelmess nahm dies nicht einmal ansatzweise wahr. Stattdessen tätschelte sie seine Hand, um sich dann zufrieden mit sich selbst zurückzulehnen. „Na, was meinen Sie, entspricht das

Ihren Vorstellungen?"

Ich warf Paul aus meinen Augenwinkeln einen Blick zu und bevor er antworten konnte, meinte ich enthusiastisch: „Ja, genauso hat es uns Kaplan Wittgen auch beschrieben. Und Herr Schwarz hat von der Abgeschiedenheit ebenfalls geschwärmt."

Die Metzgersfrau runzelte ihre Stirn. „Herr Schwarz?" Sie wandte sich ihrem Mann zu. „Walter, sagt dir der Name etwas?"

Herr Brandelmess schüttelte seinen Kopf. „Nein."

Zwei Augenpaare richteten sich fragend auf mich.

„Bernhard Schwarz. Er ist eines unserer Gemeindemitglieder. So, wie er mir die Pension geschildert hat, bin ich fest davon ausgegangen, dass er schon öfter mit dabei war." Ich machte eine Pause und gab mir den Anschein nachzudenken. „Ach, ich habe ja ein Foto von ihm dabei, das wollte ich nachher beim Dekanat abgeben. …Warten Sie, ich suche es schnell heraus."

Ich langte in meine Tasche, tat so, als würde ich darin herumkramen und zog schließlich Bernhards Foto heraus. Herr und Frau Brandelmess sahen es sich an. „Nein, diesen jungen Mann kennen wir nicht. Die Betreuer, die der Kaplan dabei hatte, waren bis auf zwei junge Männer schon älter."

Wieder betrachtete ich Paul aus meinen Augenwinkeln. Seine Erleichterung war ihm deutlich anzumerken.

„Hm, seltsam", meinte ich. „Aber das ist auch nicht so wichtig. …Ich weiß, es ist schon spät, aber glauben Sie, wir könnten uns mit Ihnen gemeinsam die Pension jetzt nochmals von innen ansehen? …Letztendlich ist es ja lediglich eine Formalie, nachdem Kaplan Wittgen bereits so positiv über Ihr

Anwesen gesprochen hat, aber ich möchte meinen Job korrekt machen. Das Dekanat drängt auf eine schnelle Rückmeldung und dann könnten wir die zuständigen Herren gleich morgen früh informieren. Ich könnte mitteilen, dass ich Ihr Haus uneingeschränkt empfehlen kann – sowohl zum Mieten als auch eventuell sogar zum Erwerb – wenn das für Sie auch eine denkbare Option wäre."

Wieder verständigte sich das Ehepaar mit einem kurzen Blick untereinander. „Es ist für uns überhaupt kein Problem", beeilte sich der Metzger, mir zu versichern. „Ich hole nur schnell die Schlüssel, und dann können wir fahren." Ohne eine Antwort abzuwarten, drehte er sich um und verließ eilig den Raum.

Paul und ich hatten uns ebenfalls erhoben. Wir waren schon fast am Hinausgehen, als ich erneut in meine Tasche griff und Frau Brandelmess ein Foto von Cornelia Heinze zeigte.

„Die kenne ich leider auch nicht", meinte die Metzgersfrau bedauernd. „Sind Sie sich sicher, dass die Frau von unserer Pension gesprochen hat? Frauen waren bei den Kindercamps nie dabei."

29

Die Besichtigung der Pension brachte keine neuen Anhaltspunkte. Herr Brandelmess führte uns durch alle Räumlichkeiten – angefangen von einer abgewirtschafteten, wenn auch sauberen Küche, über die einfachen sanitären Anlagen mit ihren vergilbten Fliesen, bis hin zu den Zimmern, die mit Stockbetten ausgestattet waren und in denen es leicht modrig roch.

Bei einem der beiden *Seminarräume*, die der Metzgermeister in den höchsten Tönen lobte, handelte es sich eindeutig um die Örtlichkeit, die Paul und ich von den Fotos her kannten. Obwohl der Raum völlig leer und besenrein war, lief mir ein kalter Schauer über den Rücken, als vor meinem inneren Auge die Erinnerung an einige Abbildungen der Kinder erschien, die in diesem Raum missbraucht worden waren. Ich blickte zu Paul, und sah, dass es ihm ähnlich ging. Er schien noch mehr Mühe als ich zu haben, den Schein zu wahren und sich nichts anmerken zu lassen.

Schließlich verabschiedeten wir uns von dem Metzger, mit der Zusage, uns am kommenden Tag bei ihm zu melden. Wir setzten uns in unseren Golf und sahen ihm nach, wie er in seinem Wagen davonfuhr.

Paul hielt sich die Stirn mit der Hand und hatte den Kopf von mir abgewandt. Ich ließ ihm die Zeit, die er brauchte und dann sagte ich: „Wenigstens können wir jetzt mit ziemlicher Sicherheit davon ausgehen, dass Cornelia und Bernhard nicht hier waren."

Er nickte andeutungsweise. „Wenigstens das."

Pauls Smartphone klingelte. Widerwillig kramte er es aus seiner Tasche und setzte es an sein Ohr. „Ja, natürlich. …Ja, ich werde kommen."

„Was war?", fragte ich.

„Sie haben Wittgen verhaftet und er will mich sehen. Heute noch."

„Ach", sagte ich. „Und warum das?"

Paul atmete scharf durch die Nase aus. „Er möchte beichten."

30

In der Justizvollzugsanstalt waren abends um halb elf nur noch wenige Fenster beleuchtet. Wir meldeten uns am Eingang an. Mit der Bemerkung: „Passen Sie auf, dass Sie auf den Stufen nicht ausrutschen“, führte uns ein Beamter über eine imposante Steintreppe durch grelle Flure, in denen es nach scharfem Reinigungsmittel roch. Wir gelangten in eines der Besucherzimmer.

Ich kannte diese Räume aus meiner früheren Tätigkeit zur Genüge - und dieser hatte sich seitdem nicht verändert: ein abgewetzter Tisch, einige Plastikstühle, Glasbausteine zum Gang, an der Decke zwei vergitterte Neonröhren, Gitter auch am hochliegenden Fenster. Trostlose Hoffnungslosigkeit. Gleichgültige Kälte.

Wir hatten uns kaum gesetzt, als eine Tür uns gegenüber aufging und Kaplan Wittgen den Raum betrat. Er war größer als ich gedacht hatte, breit, mit fleischigen Schultern. Sein Gesicht wirkte schwammig. Seine Augen waren die eines gehetzten Tieres. Sie irrten durch den Raum, blieben an mir haften, sprangen zu Paul und wieder zu mir zurück. Mit einem Keuchen ließ er sich auf einen der Plastikstühle fallen.

„Sie sind Paul Wagner?“, fragte er.

Paul nickte.

„Was will diese Person hier?“ Er deutete auf mich.

Paul nahm sich mit der Antwort Zeit. „Frau Steinbach gehört zu mir.“

„Ich will aber nicht vor einer Frau sprechen. Sie hat hier nichts verloren“, brauste Wittgen auf.

„Sie bekommen entweder uns beide, oder keinen von uns.“

„Nein, nein, das ist nicht in Ordnung. Ich habe einen Priester verlangt. Ich habe geistigen Beistand angefordert. Und zwar von demjenigen, der mich laut Pfarrer Winkelmann zu Unrecht beschuldigt hat. Wenn ich hier die Beichte ablege, kann keine dritte Person im Raum sein, und schon gleich gar nicht eine Frau.“

„Es ist noch nicht sicher, ob ich Ihnen die Beichte abnehmen werde. Zunächst müssen wir uns allgemein unterhalten.“ Pauls Stimme hatte einen Tonfall angenommen, den ich bei ihm zuvor noch nicht gehört hatte.

„Was gibt es da zu unterhalten!“, schrie Wittgen. „Ich bin unschuldig! Ich bin das Opfer übler Machenschaften. Das ist gezielter Rufmord, was man mir antut. Sehen Sie das denn nicht? Man will die Kirche diskreditieren. Das ist ein atheistisches Land. Und man versucht, uns Priestern ständig schreckliche Dinge zu unterstellen. Wir können tun und lassen, was wir wollen! Wir sind immer die Schuldigen! Nur deshalb, weil wir den weißen Kragen tragen! Weil wir uns zu unserem Glauben bekennen."

Paul hob eine Hand. „Was reden Sie da?"

Wittgen verstummte kurz, dann brauste er erneut auf. „Ich sagte, dass ich unschuldig bin! Nichts von dem, was man mir vorwirft, habe ich getan! Ich habe überhaupt nichts getan! *Selbstverständlich* trainiere ich Kinder und Jugendliche! Aber das tue ich in meiner Funktion als Seelsorger! *Niemals* würde ich Buben, die mir anvertraut sind, etwas Schlechtes tun! Das können Sie mir glauben."

Paul langte in seine Tasche und holte den Umschlag mit den Bildern heraus, die wir auf der Speicherkarte in Bernhards Zimmer gefunden hatten. Wortlos begann er, die Fotografien auf dem Tisch auszulegen.

„Das ist ja schrecklich!", sagte Wittgen, als er das erste Foto betrachtete. „Wie kann man nur solche Aufnahmen machen? Wie können sich Leute nur an so etwas ergötzen? Das ist unglaublich! Was ist das für eine kranke Welt? Das ist nur dieser Atheismus, der hier herrscht!"

Wieder legte Paul einige Bilder auf. Und wieder quittierte sie Wittgen mit einem entsetzten Kopfschütteln. Als letzte Aufnahme präsentierte Paul das Foto, auf dem das halbe Gesicht des Kaplans zu sehen war. Paul tippte mit dem Finger darauf und blieb weiterhin stumm.

Wittgen blickte nur kurz auf das Foto, fiel auf seinen Stuhl zurück und starrte uns ausdruckslos an. Sein Körper begann zu zittern. Ich dachte, er würde sich aufregen. Und dann, nach einer kleinen Weile, begann er zu lachen. „Na sieh mal einer an, da hat der kleine dumme Wagner-Pfaffe doch einen Glückstreffer gelandet!“ Er grinste Paul hämisch an. „Und damit, glauben Sie, haben Sie mich überführt?“

Paul schwieg, während er sich auf seinem Stuhl zurücklehnte.

„Eines sage ich Ihnen. Ich habe mir nichts vorzuwerfen. Diese Jungs, diese Buben, die machen das sowieso. Das sind ganz verdorbene Kerle. Denen gefällt das. Sehen Sie die Bilder? Sehen Sie ihre Gesichtsausdrücke?“

Paul verschränkte seine Arme vor der Brust. Seine Augen schienen schlagartig kalt und berechnend. „Ich sehe Kinder, die Schmerzen und Angst haben.“

„*Schmerzen*?“, Wittgen schlug mit beiden Händen auf das abgewetzte Holz des Tisches. „*Angst*? Das macht denen *Spaß*! Die haben danach förmlich *gelechzt*! Sie haben uns regelrecht *angefleht*, dass wir das mit ihnen machen!“

Paul behielt seine distanzierte Körperhaltung bei. Er räusperte sich und sagte: „Das war jetzt Ihre Beichte?“

„Das soll meine Beichte gewesen sein? Tun Sie nicht so heilig! Sie sind doch auch nicht besser als ich.“

Pauls Mundwinkel zuckten leicht.

Wittgen feixte. „Da bleibt Ihnen die Spucke weg, was? Sie kommen hierher, um den Überheblichen zu mimen. Dabei haben Sie schon längst Ihren Eid gebrochen. Oder haben Sie Ihr Ding noch nicht in diese blöde Schlampe hier gesteckt?“ Und an mich gewandt fügte er hinzu, während sich sein Grinsen zu einer widerlichen Fratze ausbreitete: „Na, macht es dir Spaß, von einem Priester gevögelt zu werden? Das ist mal was anderes, nicht?“

Ich zwang mich, ruhig zu bleiben, stand auf und

das Lächeln auf meinem Gesicht war fast echt. „Komm Paul“, sagte ich. „Ich glaube, es ist an der Zeit, dass wir gehen.“

Paul erhob sich. „Ja“, pflichtete er mir bei. „Hier werden wir nichts mehr erfahren.“

An der Tür drehte ich mich noch einmal um. Ich wies mit meinem Finger Richtung Flur. „Wir gehen jetzt nach draußen. Und Sie, Sie bleiben hier. Für eine lange Zeit.“

31

Ich setzte Paul bei Satorius ab und da es mittlerweile spät geworden war, beschloss ich, in meine Wohnung zu fahren, eine Kleinigkeit zu essen und mich richtig auszuschlafen.

Ich hätte ohne Weiteres auch mit zu Satorius gekonnt, aber ich hatte den Eindruck, dass Paul alleine sein wollte. Die Ereignisse der letzten Stunden hatten ihn vollkommen aufgewühlt. Zudem war Paul auch körperlich ziemlich am Ende. Seine Verletzungen vom Vortag forderten ihren Tribut und wenn er meinte, unbeobachtet zu sein, wirkte er erschöpft. Er kämpfte sichtlich mit seiner Beherrschung, und mir erschien es besser, wenn wir uns für ein paar Stunden nicht sehen würden.

Ich fuhr in die Tiefgarage meiner Appartementanlage. Das künstliche Licht reflektierte sich kalt auf dem grauen Beton und dem Blech der Autos, die dort abgestellt waren. Die Parkbuchten waren eng bemessen und meine Stellfläche wurde obendrein durch eine Säule begrenzt. Ich musste mich beim Einparken jedes Mal stark konzentrieren, und der ein oder andere Kratzer an meinem Kotflügel bewies, dass mir das nicht immer gelang. Doch heute lief alles glatt. Ich stellte den Motor ab, blieb noch ein wenig sitzen, um Kraft für den Weg zu sammeln. Sicher brauchte ich Zeit für mich. Aber es war nicht leicht, in eine einsame Wohnung zurückzukehren. Niemand wartete auf mich. Kein Mensch war da, um mit mir das zu teilen, was mich beschäftigte. Und zu allem Überfluss geisterten Pauls graublaue Augen durch meinen Kopf. Sie verleiteten mich zu Gedanken, die ich besser nicht haben sollte, weil sie zu nichts führen konnten.

Ich seufzte. Na ja, da musste ich eben durch. Ich öffnete die Tür, kletterte hinaus, ging über die freie Fläche zwischen den Wagen in Richtung des Aufzugs.

Das Geräusch hinter mir kam unvermittelt. Instinktiv duckte ich mich und der Lappen, der mir auf Mund und Nase gedrückt werden sollte, erwischte meine Augen. Es brannte höllisch und stank nach Krankenhaus. Ich trat nach hinten und traf eine Kniescheibe. Es knackte. Ein unterdrückter Schrei ertönte. Dann wurde meine Jacke im Nacken gepackt und mir nach unten über den Rücken gerissen. Ich konnte die Arme nicht mehr bewegen. Jemand schlug mir in die Nieren. Der Angriff trieb mir wie ein Presslufthammer die Luft aus den Lungen. Ich stolperte nach vorne, wurde aufgefangen, herumgerissen und erhielt einen Tritt in Brusthöhe. Dieser Treffer war so schmerzhaft, dass ich für einen Augenblick keine Gewalt über meine Muskeln hatte. Ich sackte zusammen.

Jemand presste mich zu Boden.

„Du blöde Sau“, flüsterte eine dunkle Stimme.

Die Bilder vor meinen Augen waren verschwommen. Ich konnte nur noch Flecken und grelle Lichter ausmachen.

„Du blöde Sau“, wiederholte er. „Das ist dafür, was ihr Wittgen gerade antut!“

Wieder und wieder wurde mir mit der flachen Hand ins Gesicht geschlagen. Dabei kam der Kopf des Angreifers immer näher. Ich erkannte eine Skimütze. Die Augen, die durch die herausgeschnittenen Löcher auf mich starrten, waren weit aufgerissen, mit feinen roten Adern durchzogen.

Die Schläge prasselten auf mich ein. Mein Kopf wurde hin- und hergeworfen. Ich war durch die heruntergezogene Jacke wie gefesselt und konnte nicht ausweichen.

Mein Angreifer stieß obszöne Beschimpfungen aus, ohne mit seinen zahllosen Schlägen nachzulassen. Dann erschien eine Rolle Teppichklebeband in seiner Hand. Er begann, ein Stück des Plastikstreifens abzurollen, in der Absicht, es mir über den Mund zu kleben.

Mein Angreifer war sich sicher, dass ich mich nicht wehren konnte.

Als sein Gesicht mit der Skimaske wieder nah bei mir war, stieß ich mit dem Kopf nach vorne, so hart und fest ich konnte. Ich hatte vor, seine Nase zu treffen, stattdessen krachte ich mit der Stirn gegen seinen Kehlkopf. Er röchelte, ließ von mir ab und hielt sich mit beiden Händen den Hals.

Ich rollte mich zur Seite und über den Boden. Dabei schälte ich mich aus der Jacke. Mit der gezückten Neun-Millimeter sprang ich auf.

Mein Angreifer saß am Boden. Er presste seine Finger gegen die Kehle. Sein Röcheln ging in ein lautes Keuchen und Würgen über.

Ich richtete den Lauf der Waffe auf ihn, trat an ihn heran und zog ihm mit einem Ruck die Skimütze herunter. Ein weiches, beinahe weibliches Gesicht blickte mir entgegen. Es handelte sich um den Mann, der Paul und mich in das Lagerhaus gelockt hatte.

„Du mieses Arschloch“, zischte ich. „Wie gefällt dir zur Abwechslung die Opferrolle?“ Ich atmete heftig und brauchte eine Weile, bis ich fortfahren konnte. „Du denkst, das ist das Schlimmste, was dir passieren kann? Da irrst du dich gewaltig!“

Ich hob die Hand mit der Waffe und schlug den harten Pistolengriff mit der gesamten mir verbliebenen Kraft in den Nacken des Mannes. Wie ein nasser Lumpen sackte er in sich zusammen.

Als ich mir sicher war, dass er das Bewusstsein verloren hatte, hielt ich inne. Ich wartete, bis sich meine Aufregung und mein Puls etwas beruhigt hatten, bevor ich mir das Klebeband holte, welches dem Angreifer aus den Händen gefallen und ein Stück weit von uns weggerollt war.

Ich band dem Mann die Hände auf den Rücken. Dazu benutzte ich mehrere Lagen des Plastikstreifens und verstärkte sie nochmals, damit er die Fesseln nicht würde lösen können. Zum Schluss klebte ich ihm ein Stück über den Mund und fuhr mit der Rolle einmal um seinen gesamten Kopf herum, um einen fest sitzenden Knebel zu erhalten.

Gerade als ich fertig war, blinzelte er und schlug die Augen auf. Ich griff nach meiner Neun-Millimeter und legte die Sicherung zurück. Das metallische Geräusch wurde durch den hohen Raum der Tiefgarage vervielfacht. Das Knacken klang bedrohlich.

Ich drückte die Mündung gegen die Stirn meines

Angreifers, grinste und krümmte den Fingern – immer weiter, bis er anfing zu zittern und seine Augen wie wild auf und ab hüpften.

Lächelnd schob ich die Sicherung zurück. Dann zerrte ich ihn am Kragen nach oben, stieß ihn in Richtung meines Wagens und öffnete den Kofferraum. Der Kerl wollte sich wehren, doch ich hielt ihm die Waffe gegen den Kopf, bis er rückwärts in den Kofferraum sackte. Ich machte eine Geste, dass er seine Beine hineinziehen sollte, und als er endlich drin war, schloss ich die Luke.

Ich setzte mich ans Steuer.

Ich war nicht mehr müde und hatte vergessen, dass oben eine leere Wohnung auf mich wartete.

32

Bis zu dem aufgelassenen Steinbruch, in dem Bernhard den Tod gefunden hatte, brauchte ich fast eine Stunde. Frühzeitig schaltete ich die Scheinwerfer ab und ließ das Auto langsam rollen. Aber außer uns war keine Menschenseele hier.

Die Oberfläche des Badesees warf den Mondschein zurück und glänzte wie geschmolzenes Blei.

Ich öffnete den Kofferraum. Der Typ grunzte und versuchte zu sprechen. Ich antwortete ihm nicht, zog ihn stattdessen an seiner Jacke heraus und trieb ihn in Richtung des Weihers vor mir her. Er wusste nicht, was ich plante. Hilfesuchend sah er sich um – seine Augen weit aufgerissen.

Ich zog die Pistole aus dem Holster am Rücken, richtete sie auf ihn und sagte: „Runter!“

Er zögerte und sank schließlich auf die Knie, etwa einen halben Meter vom Wasser entfernt.

Ich trat zu ihm, steckte meine Waffe zurück, packte seine Schulter und schubste ihn zur Seite.

Klatschend fiel er ins eiskalte Wasser.

Ich stellte mich über ihn und drückte seinen Kopf nach unten. Er konnte nur durch die Nase atmen. Er prustete, versuchte Luft herauszublasen, aber es gelang ihm nur anfänglich, das Nass zu verdrängen.

Allmählich begann er, zu ertrinken. Er trampelte und trat um sich. Ich hielt ihn fest. Nach einiger Zeit erschlafften seine Beine und seine Bewegungen stoppten fast vollständig. Ich wartete, bis er kaum noch zuckte und zog ihn aus dem See heraus.

Nach einer halben Minute begann er, krampfhaft zu schnaufen. Wasser rann aus seiner Nase. Sein Körper krümmte sich, er versuchte zu schreien, doch keiner sah ihn, keiner hörte ihn. Schließlich gab er auf.

Als sich seine Atmung stabilisiert hatte, stellte ich mich vor ihn. Seine Augen waren blutunterlaufen. Ich beugte mich zu seinem Gesicht hinunter, bis ich nur wenige Millimeter von ihm entfernt war.

„Das ist anders als Kinder quälen“, sagte ich.

Seine Augen wichen meinen aus. Er versuchte, mir zu entkommen. Ich stieß ihn wieder um. Er fiel erneut ins Wasser. Diesmal waren seine Krämpfe stärker als das letzte Mal.

Nach einer knappen Minute zerrte ich ihn zum Ufer. Ich legte ihn auf den Rücken, nahm mein Taschenmesser und machte einen Längsschnitt über das Teppichband an seinem Mund. Er erbrach sich, aber sein Atem normalisierte sich zügig.

„Du Dreckschwein“, sagte ich zu ihm. „Das mache ich mit dir so lange, bis du fertig bist.“

Er jammerte, wie ein junger Hund.

„Du sagst mir deinen Namen und die der anderen, mit denen du die Kinder missbrauchst hast. Sofort! Du nennst mir jeden Einzelnen. Wenn du nur einen einzigen Buchstaben vergessen solltest, merke ich das und dann verreckst du so elend, wie du es dir nicht vorstellen kannst. Ich weiß genau, wann du kurz davor bist, zu sterben. Wir können das hier stunden- oder tagelang machen. Und zum Schluss wirst du mir ohnehin alles beantworten, was ich wissen will. Die Frage ist nur: Willst du das auf dich nehmen, oder sagst du mir gleich die Wahrheit?“

Die Geräusche, die er von sich gab, wurden zu einem Winseln.

Ohne Hast holte ich Block und Stift aus dem Wagen. Ich setzte mich neben ihn auf den Boden und schrieb eine lange Liste.

Ich wusste, dass er keinen seiner Mittäter vergessen würde.

33

Ich ließ meinen Angreifer kurzerhand am Weiher zurück, nachdem ich ihm die Fesseln durchtrennt hatte. Sollte er doch versuchen, unterzutauchen. Über kurz oder lang würde ihn die Polizei finden. Das war nicht mehr mein Problem. Ich hatte bekommen, was ich brauchte.

Jetzt war ich Richtung Stadt unterwegs. Auf dem Beifahrersitz lag der Block mit den Namen der Männer, die an dem Missbrauch der Kinder beteiligt gewesen waren. Wieder und wieder warf ich einen Blick darauf, ungläubig über die schiere Anzahl der Personen.

Ich fuhr nur mit der rechten Hand. Meine linke Seite schmerzte. Vorsichtig tastete ich mich ab und stellte fest, dass sie blutig war. Normalerweise hätte ich mich zuhause darum gekümmert, aber in diesem Moment erinnerte ich mich an Frau Dr. Hofmann. Sie hatte Paul sehr gut versorgt und da ich mich gerade in ihrer Nähe befand, bog ich kurzentschlossen auf die Landstraße ab und hielt schließlich vor ihrem Haus an.

Die Holzskulpturen in ihrem Garten schienen auf mich gewartet zu haben. Sie wirkten wie kleine verspielte Wächter, die sich darauf freuten, Besuch zu bekommen.

Im Haus brannte kein Licht. Ich klingelte nur einmal, wartete eine Weile und wollte mich unverrichteter Dinge gerade wieder abwenden, als ich eine Bewegung im Garten bemerkte, die auf mich zu kam. Meine Rechte fand den Griff meiner Pistole. Aber dann ließ ich die Waffe wieder los. Ich hatte die Person erkannt. Frau Dr. Hofmann stand vor mir.

Sie trug einen dunkelblauen Jogginganzug und hatte die Haare straff nach hinten gebunden. Um ihren Hals baumelte ein Mundschutz. Ein eigenartiger Geruch ging von ihr aus – leicht süßlich. Sie sah gleichzeitig älter und doch auf seltsame Weise unschuldig aus.

„Hallo, Frau Steinbach“, meinte sie und beobachtete mit ihren freundlichen Augen, wie ich meinen linken Arm angewinkelt hielt, um meine verletzte Seite so gut es ging zu schonen.

„Diesmal hat es Sie erwischt?“

„Na ja, es sieht so aus“, meinte ich. „Ich will Sie aber nicht stören.“

„Nein, nein, kommen Sie ruhig. Wir schauen uns das gleich mal an.“

„Ich glaube nicht, dass es etwas Ernstes ist“, sagte ich zögernd.

Sie lächelte. „Das haben nicht Sie zu entscheiden, auf dem Gebiet bin ich die Fachfrau.“

Sie zog einen einzelnen Schlüssel an einem Band aus der Tasche und sperrte uns auf. Wir durchquerten das Wartezimmer und gelangten in ihren Behandlungsraum, wo sie das Licht anschaltete. Sie ließ mich auf eine schwarze Kunstlederliege setzen und half mir, die Lederjacke auszuziehen. Ich hob das blutige T-Shirt an.

„Das werden wir nicht retten können." Sie griff sich eine Schere und schnitt das Shirt kurzerhand auf. Eine hässlich verschmutzte Schürfwunde kam zum Vorschein.

Frau Dr. Hofmann nahm eine Pinzette und ein Vergrößerungsglas und begann, die Wunde zu säubern,. „Brauchen Sie eine lokale Betäubung?", erkundigte sie sich, ohne aufzublicken.

„Nein, es geht schon."

„Harte Frau."

Ich zuckte mit den Schultern. „Ich tue, was ich kann."

Sie lachte.

Ich versuchte zurückzulächeln. Aufgrund der Schmerzen in meiner Seite gelang mir jedoch nur eine missglückte Grimasse.

„Und? Kommen Sie in den schrecklichen Fällen voran?", fragte sie.

„Ja, ich habe jetzt Namen und teilweise Adressen."

Die Ärztin hielt inne. „In dem Fall von Cornelia und Bernhard?"

„Nein, in diesem Bereich machen wir nicht unbedingt Fortschritte. Ich denke, wir müssen hier nochmals ganz von vorne anfangen."

„Inwiefern?"

„Die Ereignisse haben sich in letzter Zeit regelrecht überschlagen und wir sind mehr hinterher gehechelt, als dass wir die Entwicklungen kontrollieren konnten. Wir haben die Systematik aus den

Augen verloren."

„Und das bedeutet?"

„Frau Heinze hat uns eine Liste gegeben, mit Freunden und Bekannten von Cornelia. Ich denke, wir sollten da ansetzen."

„Oh!", meinte die Ärztin. „Das ist sicherlich eine gute Idee."

„Ich hoffe wirklich, wir finden auf diese Weise Anhaltspunkte zu den Suiziden." Ich zuckte zusammen, während sie begann, die eingerissene Haut mit einer kleinen Schere abzuschneiden. „…Denn bislang führten uns die wenigen Spuren, die wir aufgedeckt haben, zu einem ganz anderen Verbrechen."

„Ah ja, welchem denn?"

„Kindesmissbrauch", sagte ich knapp. Es fiel mir in diesem Moment relativ schwer, überhaupt zu sprechen. Ich musste mich darauf konzentrieren, nicht laut aufzuheulen, weil das Reinigen der Wunde sehr schmerzhaft war.

„Kinderschändung? Wie furchtbar!"

„Das ist wirklich entsetzlich. Ich bin froh, dass wir zumindest das jetzt zu einem Abschluss bringen werden", gab ich ihr recht.

„Kinder", sprach Frau Dr. Hofmann zärtlich und fast träumerisch, „Kinder sind das Größte und Beste, was uns Gott schenken kann."

Als ich nicht antwortete, blickte sie auf und lächelte ein wenig. „Sie glauben nicht an Gott?"

Ich zuckte vorsichtig mit meiner gesunden Schulter. „Wenn ich sehe, was sich Menschen gegenseitig antun und es soll einen Gott geben, der das zulässt… - es fällt mir schwer, an ihn zu glauben."

„Das kann ich verstehen. Aber gerade der Glaube kann Ihnen über vieles hinweghelfen."

Ich blieb still und sie redete weiter, während sie sich gewissenhaft um meine Wunde kümmerte. „Kinder sind ein Geschenk Gottes. Unsere Aufgabe ist, diese kleinen Wunder zu versorgen und alles dafür zu tun, dass sie glücklich ins Leben hinausgehen."

Ich quittierte ihre Bemerkung mit einem höflichen Lächeln und diesmal gelang es mir besser.

„Haben Sie Kinder?", fragte sie unvermittelt.

Ich zögerte mit meiner Antwort. „Eine Tochter, aber sie lebt bei ihrem Vater."

„Das ist bedauerlich. Heutzutage gibt es wenig Ehen, die auf Dauer halten."

„Und Sie?", fragte ich zurück.

Frau Dr. Hofmann stockte mitten in der Bewegung. Ich dachte schon, sie würde mir überhaupt nicht mehr antworten. Doch dann schüttelte sie entschieden den Kopf. „Das Geschenk eigener Kinder hat mir Gott nie gegeben. Aber alle Kinder, die in meiner Gemeinde geboren werden, gehören auf irgendeine Art und Weise auch mir." Jetzt sah ich sie lächeln. „Jedenfalls fühle ich mich für sie verantwortlich", fügte sie hinzu.

„Das ist schön", meinte ich.

Frau Dr. Hofmann war fertig mit meiner Wunde. Sie besprühte die Stelle mit einem antiseptischen Mittel und klebte ein breites Pflaster darauf. „So, das ist wieder in Ordnung. Sie können sich anziehen und in ein paar Tagen… - naja, werden die Schmerzen deutlich nachgelassen haben."

Wir lachten beide und ich stand auf.

„Entschuldigen Sie, dass ich Sie mitten in der Nacht gestört habe", sagte ich.

„Oh, …aber das haben Sie nicht. Ich war beschäftigt."

„Um diese Zeit?“ Ich blickte auf die Uhr. Es war fast drei Uhr früh.

„Ich stehe nachts gerne auf.“ Sie lächelte. „Dann gehe ich meinen künstlerischen Ambitionen nach. In meiner Werkstatt im Garten. Tagsüber finde ich dafür keine Zeit. …Ich war gerade mit dem Ablösen von Baumrinde beschäftigt. Deshalb mein Mundschutz und der seltsame Geruch, der an mir haftet. Er stammt von Diethylether. Hoch entzündlich, aber unschlagbar bei der Behandlung von Holz.“

„Sie stehen mitten in der Nacht auf, um an Ihren Skulpturen zu arbeiten?“

„Finden Sie das schräg?“ Sie lachte. „Ich brauche das einfach als Ausgleich. Und danach schlafe ich wie ein Stein. Sie wissen schon… ein gutes Gewissen…“

„Ja“, unterbrach ich sie. „Das wird wohl bei mir der Grund sein.“

„Sie schlafen nicht gut?“, fragte sie.

„Nicht immer, aber ich tue mein Bestes.“

Sie begleitete mich zur Tür.

Ich trat hinaus in die Nacht. Die Skulpturen im Vorgarten grüßten mich zum Abschied. Ihre dürren ausgebleichten Arme wirkten seltsam verdreht und verknotet im fahlen Licht des Mondes. Ich rätselte, wieso sie mir beim Herfahren freundlich erschienen waren.

34

Die Vorstellung, in meine verlassene Wohnung zurückzukehren, war mir inzwischen unerträglich. Mein Golf fand wie von selbst den Weg zu Satorius. Sollte das Haus dunkel sein, wovon ich um vier Uhr früh ausgehen musste, würde ich einfach im Auto bis zum Morgen warten.

Zu meiner großen Erleichterung schimmerte in einigen Fenstern Licht. Dennoch überlegte ich mir, ob es angebracht wäre, zu stören. Doch eigentlich wusste ich die Antwort schon im Voraus. In diesem Moment wollte ich alles andere, nur nicht alleine sein.

Ich stieg aus dem Auto, betätigte die Klingel und kurz darauf wurde mir geöffnet. Lorenzo stand im Türrahmen und sein warmes Willkommenslächeln erstarb, als ihm meine dreckige Kleidung und mein Gesichtsausdruck auffielen. „Mia cara, komm“, meinte er besorgt, und trat einen Schritt zur Seite, um mich hereinzulassen.

„Ich falle euch auch sicher nicht zur Last?“, fragte

ich.

„Nein, nein. Wir sind noch auf. Alte Menschen brauchen nicht so viel Schlaf. Und Pauls Schmerzen ließen ihm keine Ruhe, also haben wir beschlossen, ihm Gesellschaft zu leisten."

Ich folgte ihm und bald standen wir im Wintergarten. Es war, als wäre ich nie weggewesen. Meine Anspannung verflog augenblicklich.

Satorius saß in der Nähe seines Arbeitsplatzes. Der PC darauf war eingeschaltet und zeigte irgendwelche altertümlichen Symbole. Einer der großen Lesesessel aus der Bibliothek war daneben geschoben. Er wirkte leer und verlassen. Offensichtlich hatte er bis vor kurzem Lorenzo als Sitzgelegenheit gedient.

Paul ruhte in Pyjama und Bademantel auf einer Gartenliege, deren Rückenlehne in eine bequeme Position geklappt war. Eine Decke lag über seinen Beinen. Er wirkte noch immer recht blass. Als ich hereinkam, erhellte sich sein Gesicht zu einem herzlichen Lächeln, das seine Augen strahlen ließ. Schnell gewann er die Kontrolle über sich zurück und seine Miene wurde sachlich.

Wortlos ging ich zu den beiden und legte Satorius meine Liste auf den Tisch.

„Was soll das?", fragte er.

„Das sind Namen."

„Ja, das sehe ich."

„Schau sie dir einmal durch."

Satorius rückte sich seine Lesebrille zurecht, griff sich das Blatt und begann, es zu studieren. Als er damit fertig war, nahm er seine Brille ab. Sein Blick war fragend. „Und?"

„Kennst du die Personen?"

Satorius wirkte irritiert. „Einige schon."

„Woher?“

„Einer ist Professor für Mathematik am hiesigen Lehrstuhl. Ein anderer ist ein ziemlich bekannter Lokalpolitiker.“ Satorius musterte mich aufmerksam. „…Aber warum willst du das wissen?“

„Könnte sich Paul den Zettel einmal ansehen? Vielleicht fällt ihm etwas auf“, meinte ich, ohne die Frage von Satorius zu beantworten. Stattdessen nahm ich ihm den Block aus der Hand und reichte ihn an Paul weiter.

Paul las die Liste ebenfalls sehr sorgfältig durch. Er schüttelte den Kopf. „Ich kenne zwar den einen Namen - den des Politikers - aber persönlich… nein, ich habe ihn noch nie getroffen. Alle anderen sind mir unbekannt. Aber warum ist das so wichtig?“

„Das sind die Männer, die mit Wittgen in der Pension waren“, erklärte ich. „Sie haben gemeinsam die Kinder gequält und missbraucht.“

Stille trat in den Raum. Keiner wusste, etwas zu meinen Worten hinzuzufügen.

Lorenzo war neben Satorius stehengeblieben, als er mit mir hereingekommen war. Jetzt nahm er mich sanft am Arm. „Komm, setz dich.“

„Das ist doch dein Sessel“, protestierte ich lahm.

„Nein, mia cara, ich hole mir jetzt einen Stuhl. Du siehst so aus, als würde dir der Sessel gut tun.“

„Na ich weiß nicht“, meinte ich zweifelnd.

„Du würdest mir eine Freude machen.“

Ich ließ mich auf dem Sessel nieder. Er war weich, bequem und sein Leder knarzte.

„Friedrich und ich haben gerade Tee getrunken. Paul habe ich einen echten Kakao gekocht. Er beruhigt die Nerven. Willst du auch einen?“, fragte Lorenzo.

Ich verzog meinen Mund. Bevor ich etwas erwidern konnte, mischte sich Satorius ein: „Ich glaube, wir brauchen jetzt etwas Stärkeres."

Lorenzo nickte, verließ den Raum und kam nach kurzem mit einer Karaffe wieder, in der eine goldbraune Flüssigkeit glänzte. „Wir haben recht gute Beziehungen zu den Brüdern und Schwestern aus Irland."

„Irischer Whiskey?", fragte Paul.

„Ja. Und vierundzwanzig Jahre alt", sagte Lorenzo. Er goss uns ein. Wir hoben die schweren Kristallgläser, ließen den Inhalt in dem Licht der Lampe glitzern und nahmen jeder einen tiefen Schluck. Es dauerte lange, bis ich etwas schmeckte und ich fühlte, wie sich eine wohlige Wärme in meinem Körper ausbreitete. Ich streckte meine Füße aus, legte sie übereinander und gegen meinen Willen entfuhr mir ein langgezogener Seufzer.

„Wir wollen nicht wissen, wie du an die Namen gekommen bist?", fragte Paul. Es war mehr eine Feststellung.

„Nein, das wollt ihr nicht. Ich werde die Liste morgen meinem früheren Kollegen bei der Polizei übergeben. Er wird der Sache nachgehen."

„Du hast aber keine Beweise gegen die Personen."

„Das nicht. Aber ich werde ihm empfehlen, die PCs der Leute zu beschlagnahmen. Und dann werden sie sehr bald entsprechende Bilder und Hinweise finden. Wenn die Polizei etwas Druck ausübt…", ich nahm einen weiteren Schluck, „…diese Kerle haben doch kein Rückgrat. Die werden bald anfangen, in den höchsten Tönen zu singen."

„Ja, das werden sie", sagte Satorius.

„Eigentlich können wir froh sein", meinte Paul.

Ich sah ihn an. „Wieso?"

„So wie es aussieht, ist keiner von dieser Liste ein aktives Mitglied unseres Bistums. Niemand von denen steht in irgendeiner engen Beziehung zum Dekanat. …Sicher, wir kennen ein oder zwei der Männer, weil sie mehr oder weniger in der Öffentlichkeit stehen. Aber wir kennen sie nicht aus dem kirchlichen Umfeld."

„Nein", bestätigte Satorius.

„Und das wundert mich", fügte ich hinzu.

Die Augen der drei Männer waren fragend auf mich gerichtet.

„Bisher war es so: wir haben die Selbstmorde untersucht. Und ganz zwangsläufig kamen wir zu diesen Kinderschändern. Jetzt - plötzlich – trennen sich diese beiden Fälle, anstatt weiter zusammenzuführen. Die Pädophilen scheinen immer weniger eine Beziehung zu unseren Suizidopfern zu haben. …Und deshalb denke ich, wir haben irgendetwas übersehen. Aber wie sehr ich auch… - je mehr ich mich mit dem letzten Zeugen beschäftigt habe…" Ich verstummte, weil sich bei meinen Worten eine eiskalte Atmosphäre in dem Zimmer breit machte. Ich versuchte zu lächeln, aber es gelang mir nicht, die entstandene Betroffenheit zu zerstreuen. „Na ja", sagte ich schließlich. „Ich habe ihn intensiv befragt, das könnt ihr mir glauben…" – Das war auch nicht besser. Jetzt sahen die drei Männer betreten zu Boden und vermieden es, mir direkt in die Augen zu blicken.

„Also", setzte ich ein drittes Mal an. „Er war sich hundertprozentig sicher, dass außer ihm und seinem Freund überhaupt niemals junge Leute an diesen Verbrechen beteiligt waren. Er hat mich bestimmt nicht angelogen." Ich wollte noch anfügen, dass der

Typ zu diesem Zeitpunkt überhaupt nicht mehr in der Lage gewesen war, zu lügen. Aber das brauchte ich nicht. Ein Blick in die Gesichter meiner drei Zuhörer zeigte mir, dass sie das ohnehin schon wussten.

„War es tatsächlich nur ein Zufall, dass wir über die zwei Suizidopfer an die Pädophilen gekommen sind?“, fragte ich in die Runde

„Vielleicht war es eine Art Vorsehung“, meinte Lorenzo. „Vielleicht sollten diese schrecklichen Verbrechen an den Kindern nicht auf Dauer ungesühnt bleiben.“

Satorius blickte nachdenklich auf: „Wahrscheinlicher ist, dass Paul und Anne die Verbindung einfach noch nicht gefunden haben. Ich kann mich ja irren, aber meiner Meinung nach gibt es noch eine zweite Gruppe von Verbrechern, von der die Kinderschänder nichts gewusst haben. Vielleicht hängt alles irgendwie anders zusammen.“

„Morgen“, sagte ich, „morgen werden wir das überprüfen. …Besser gesagt, heute, wenn ich etwas geschlafen habe“

Ich schälte mich aus dem Sessel und bereitete mich innerlich darauf vor, in meine Wohnung zu fahren.

Satorius blickte erstaunt hoch. „Wo willst du hin?“

„Na ja, der Morgen wird bald grauen und ich bin müde.“

Lorenzo lächelte. „Mia cara, dein Zimmer wartet auf dich.“

„Du meinst…“

„Ja, dein Zimmer hier.“

„Wir würden uns freuen, wenn du bleiben könntest“, bekräftigte Paul und als ich ihn ansah, glaubte ich für einen kurzen Moment zu erkennen, dass aus seiner Miene eine Emotion sprach, die… - aber vermutlich hatte ich mich getäuscht.

„Das ist das Vernünftigste“, sprach Satorius unterdessen weiter. „Du schläfst einfach hier. Und nachher fahrt ihr gemeinsam zur Polizei, kümmert euch um die Anzeigen und dann sehen wir weiter. Vielleicht fällt uns noch ein, wo die Verbindung liegen könnte. Die Verbindung zwischen den Suiziden und den Pädophilen.“

„Jedenfalls kommen uns zu viert mehr Ideen, als wenn Paul und ich alleine grübeln“, stimmte ich ihm zu. Ich trank mein Glas aus. „Seid mir nicht böse, aber ich bin hundemüde.“ Die Wunde, die Frau Dr. Hofmann so gut versorgt hatte, begann, höllisch zu ziehen.

Lorenzo erhob sich von seinem Stuhl, um mich zu begleiten, aber ich schüttelte den Kopf. „Lass gut sein, Lorenzo. Ich finde den Weg auch allein.“

„In Ordnung, mia cara“, sagte er. „Ich habe dir ein neues Shampoo für langes Haar, Kosmetik, Wäsche und ein Nachthemd besorgt. Ich weiß zwar nicht, ob dir das alles zusagt und passt, aber ich habe mir viel Mühe gegeben und mich im Geschäft beraten lassen. …Ich kann ja auf Dauer schlecht von dir erwarten, dass du die alten Schuluniformen aufträgst.“

Obwohl ich mich innerlich ausgebrannt und leer fühlte, musste ich lächeln. „Ich bin mir sicher, alles ist perfekt.“

Auch er schenkte mir ein Lächeln und Satorius machte eine kleine Bewegung mit seiner Hand. Es war wie ein Winken. „Schlaf gut, Anne“, sagte er. „Bis nachher.“

Ich verließ den Wintergarten, durchquerte den Flur und ging die Treppe hinauf. Bald war ich in dem

Zimmer, das mir nach so kurzer Zeit schon fast vertrauter vorkam, als meine eigene Wohnung.

Ich nahm die Pistole aus dem Holster und legte sie unter das Kopfkissen. Ich tat das aus purer Gewohnheit – nicht wie sonst, um darauf vorbereitet zu sein, falls mich jemand im Schlaf angreifen würde. Denn hier, in diesem Haus, fühlte ich mich geborgen.

Hier war ich unter Freunden.

35

Nachmittags begleitete mich Paul zur Polizei. Die Beamtin an der Pforte und ich kannten uns. Sie telefonierte mit Ralf, meinem früheren Kollegen, um uns anzukündigen. Mit den Worten „Du kennst dich aus“, betätigte sie den automatischen Türöffner und ließ uns allein passieren.

Gemeinsam stiegen Paul und ich die Treppen empor, die zu dem Büro führten, in dem ich früher gearbeitet hatte. Ich hakte mich bei Paul unter, mit dem Vorwand, ihn zu stützen. Aber der eigentliche Grund war, dass mir seine Nähe den Rückhalt bot, den ich gerade dringend brauchte. Erst kurz vor Ralfs Büro ließ ich ihn notgedrungen los.

Ralf schaute auf, als er mich eintreten sah. Mit einer gewissen Zufriedenheit, in die sich auch eine seltsame Erleichterung mischte, las ich aus seinem Gesichtsausdruck, dass er mich im Gegensatz zu meinem ersten Besuch vor ein paar Tagen nun nicht mehr als Ausgestoßene wahrzunehmen schien.

„Du bist ja jetzt häufiger da, als zu deiner aktiven Zeit“, meinte er flapsig, um zu verstummen, als Paul nach mir den Raum betrat. Fragend richtete sich sein Blick auf meinen Begleiter.

„Das ist Paul Wagner“, sagte ich. „Wir arbeiten zusammen.“

„Aber er ist doch…“, Ralf verstummte.

„Ja. Herr Wagner ist vom Dekanat und das ist sozusagen der Auftraggeber meines aktuellen Falles.“

Ralf blickte zuerst mich, dann Paul skeptisch an, bevor er antwortete. „Ach so. Na dann nehmt doch beide Platz. Was führt dich heute zu mir?“

„Die Pädophilen“, sagte ich.

„Ich dachte, du untersuchst zurzeit Selbstmorde?“ Ralf runzelte die Stirn.

„Das schon, aber ganz zufällig bin ich dabei noch über ein paar weitere Hinweise gestolpert.“

„Wir haben den Verdächtigen verhaften lassen.“

„Das wissen wir. Wir haben ihn in der U-Haft besucht.“

Ralf musterte sowohl mich, als auch Paul mit kaum verhohlenem Interesse. „Anne, ich kenne dich. Wenn du ermittelst, machst du niemals etwas grundlos. Warum bist du heute hier, wenn ihr ohnehin auf dem Laufenden seid?“

„Ich gehe davon aus, dass ihr den Kaplan verhört habt“, setzte ich an.

Ralf ließ sich auf seinem Stuhl nach hinten sinken. „Selbstverständlich“, meinte er einsilbig.

„Hat er euch seine Mittäter genannt?“

„Was denn für Mittäter?“ Ralf beugte sich zögernd nach vorne.

„Du hast dir doch die Fotos angeschaut. Bei einigen ist eindeutig festzustellen, dass eine zweite

Person den Finger auf dem Auslöser hatte."

Ralf ließ seine Zurückhaltung fallen. „Das stimmt. Das ist meistens so in diesen Fällen. Oft sind es Gruppen, die sich auf diese Weise – wie soll ich sagen - ...*betätigen.*"

„Ja", sagte ich. „Ganze Gruppen."

Ich legte meinen Block auf den Tisch und fragte erneut. „Hat euch dieser Wittgen seine Mittäter genannt?"

Ralf schnaubte frustriert. „Der schweigt eisern. Und wenn man ihn zu sehr in die Enge drängt, beginnt er zu beten." Ralf wandte sich an Paul: „Nichts für ungut, Hochwürden. Aber es ist nun mal eine Tatsache. Wittgen flüchtet sich in irgendwelche theologischen Rechtfertigungen. Er behauptet, er sei unschuldig und sei nur wegen seiner Religion und seines Glaubens verfolgt. Und wenn man nachhakt, beginnt er, das Ave Maria zu rezitieren – ausgerechnet der!" Ralf merkte, dass er uns, als Außenstehende, gerade vermutlich zu viele Informationen preis gab und fing sich wieder ein. „...Andererseits ist das sein gutes Recht", beendete er etwas lahm.

Paul verzog seinen Mund. „Ich möchte einmal wissen, zu wem er da betet. Aber das ist eine andere Frage."

Ralf räusperte sich und wandte sich wieder mir zu. „Warum bist du hier?", wiederholte er.

„Ich habe dir etwas mitgebracht. Ich habe die Namen der Leute, die sich mit Wittgen an den Kindern vergangen haben."

Ralf streckte seine Hand vor und wollte nach dem Block greifen, doch ich zog ihn einige Zentimeter zurück. Mein ehemaliger Partner verharrte in der Bewegung und fixierte mich eindringlich.

„Du solltest das als anonymen Hinweis werten und deine Ermittlungen sehr diskret vornehmen. Ich bin mir sicher, wenn du zum Beispiel die elektronischen Speichermedien dieser Männer konfiszierst und sie auf entsprechende Inhalte überprüfst, wirst du bestimmt fündig werden."

„Du willst also keine Aussage machen?"

„Nein."

„Ein anonymer Hinweis, meinst du?"

„Vollkommen anonym."

Ich schob ihm den Block zu. Er nahm ihn an sich und überflog die Namen. „Wow, da sind ja auch lokale Promis darunter."

„Genau", sagte ich. „Die werden sich schnell juristischen Beistand beschaffen. Deshalb wäre es sinnvoll, wenn du die einzelnen Verdächtigen zeitgleich aufsuchen lässt. Nur so kannst du sicherstellen, dass sie sich nicht gegenseitig warnen und ihre Daten und Beweise vernichten."

Ralf nickte. „Darüber werde ich mit der Staatsanwaltschaft sprechen."

„In dem Fall ist ein großes Medieninteresse zu erwarten. Der Staatsanwalt, der das anpackt, …nun ja", ich versuchte mich an einem schiefen Lächeln, „wie soll man sagen? – …der wird bekannt. Und das wird seiner Karriere nicht gerade abträglich sein. …Deiner übrigens auch nicht."

„Wenn sich dein Hinweis bestätigt, liegst du richtig", sagte Ralf. „Ich denke, ich werde die Durchsuchungsbefehle relativ schnell erhalten."

„Du kannst dem Staatsanwalt im Brustton der Überzeugung sagen, dass Gefahr in Verzug ist. Nur weil Wittgen weggesperrt ist, heißt das nicht, dass die Pädophilengruppe jetzt aufhört. Du kannst nicht ausschließen, dass die wieder über Kinder herfallen. Hier muss zügig gehandelt werden."

Schweigen breitete sich zwischen uns aus.

Ralf begann, eine Büroklammer zu verbiegen und vermied es, Paul und mich direkt anzusehen. Ich wusste von früher, dass Ralf jetzt alleine sein wollte, dass wir ihn nur bei seiner Arbeit störten, er sich aber davor scheute, es uns offen zu sagen. Ich erhob mich. Paul folgte meinem Beispiel.

„Ich denke, das war's. Ich hoffe, ich konnte dir etwas helfen."

„Das hast du ganz sicher", sagte Ralf. „ …Ich wünschte mir nur, ich könnte dich über den Fortschritt der Ermittlungen auf dem Laufenden halten."

„Das ist nicht nötig. Hauptsache, es wird etwas unternommen und diese Typen fassen keine weiteren Kinder an."

Ralf kam nicht um den Schreibtisch herum, um uns zu verabschieden. Er streckte nur seine Hand darüber aus. Paul schüttelte sie höflich.

Als wir fast schon aus der Tür draußen waren, hörte ich Ralf leise sagen: „Anne, du hast was gut bei mir."

Und bald darauf waren Paul und ich wieder in dem bleigrauen Licht des Oktobertags auf der Straße.

36

Die Steaks waren zart, einen Hauch blutig, und schmeckten großartig. Die Kartöffelchen glänzten goldgelb, während die Kräuterbutter langsam über ihnen zerlief. Der Wein erinnerte an Sonne und Unbeschwertheit.

„Wirklich vorzüglich", lobte ich mit vollen Backen.

„Danke, mia cara!" Lorenzo war sichtlich stolz auf sein Menü.

„Wenn du uns weiterhin so verwöhnst, gehen wir auseinander wie Hefekuchen", sagte Paul zwischen zwei Bissen.

Satorius kaute genießerisch und spülte sein Essen mit einem großen Schluck Wein hinunter. „Da ist schon etwas Wahres dran. Aber, ihr junges Gemüse steckt die Kalorien doch weg. Wir hingegen, Lorenzo und ich, …nun, wir werden tatsächlich einfach fett."

„Wir bleiben eben keine achtzehn", erwiderte Lorenzo. „Da hatte ich wirklich noch eine Traumfigur."

„Du kannst dich doch nicht beklagen“, beeilte sich Satorius zu sagen. „Du siehst aus, wie immer. …Na ja, vielleicht etwas älter. Aber sonst…“

„Ach, du schon wieder“, winkte Lorenzo mit strahlenden Augen ab.

Satorius lächelte.

Als Nachtisch hatte uns Lorenzo ein gigantisches Tiramisu gezaubert. Dazu tranken wir einen extra-starken Espresso.

Vor den Fenstern war die Nacht herabgesunken und es regnete. Die dicken Tropfen prasselten leise auf das Glasdach des angrenzenden Wintergartens.

„Ich bin froh, dass ihr die Sache mit den Pädophilen abschließen konntet“, meinte Satorius. „Das war für uns alle doch sehr belastend.“

„Das war es wirklich!“ Ich kostete von meinem Kaffee.

„Aber mit den Suiziden sind wir noch nicht weitergekommen“, bedauerte Paul.

„Wir haben es vorhin schon besprochen“, sagte ich. „Wir werden an den Anfang unserer Ermittlungen zurückgehen. Wir werden ganz von vorne beginnen.“

„Habt ihr nicht eine Liste von Frau Heinze bekommen?“, fragte Lorenzo. „Eine Liste mit Cornelias Freunden?“

Ich nickte. „Ich hoffe, irgendeiner von denen wird den Schlüssel für die Tür in der Hand halten, hinter der sich die Lösung des Rätsels verbirgt.“

„Unsere Anne wird ja richtig poetisch“, neckte mich Lorenzo.

„Das ist euer schlechter Einfluss“, grinste Paul. „Ihr könnt es einfach nicht lassen, andere Menschen zu erziehen und zu verbessern.“

„Nicht doch“, meinte Satorius. „Wir sind in Rente.“

„Ich will auch in Rente“, seufzte ich.

Wir lachten alle.

Das Telefon klingelte. Lorenzo stand auf und ging aus dem Raum, um den Anruf anzunehmen. Kurze Zeit später kehrte er zurück. Sein Gesicht wirkte ernst und angespannt. „Paul muss sofort ins Krankenhaus.“

„Was ist passiert?“, fragte Satorius alarmiert.

„Wittgen hatte einen Unfall. Er ist schwer verletzt und wird die Nacht vermutlich nicht überleben. Er verlangt nach einem Geistlichen. Er will Paul.“

37

Der Gang in der Klinik schien endlos und war nur sparsam von Neonleuchten erhellt. Es roch nach antiseptischen Mitteln, nach Krankheit und Leid. Die Stationsschwester, die uns vorausging, legte einen wahrhaftigen Stechschritt an den Tag. Ihre Birkenstockschuhe klapperten leise übers Linoleum. Sie nahm keinerlei Rücksicht, ob wir ihr folgen konnten.

„Was fehlt Herrn Wittgen genau? …Die Beamten der JVA meinten, er sei eine Treppe heruntergestürzt?"", erkundigte sich Paul kurzatmig, während er sich bemühte, mit der Schwester mitzuhalten, was ihm wegen seiner Verletzung alles andere als leicht fiel.

Die Schwester sprach nach vorne, ohne uns eines Blickes zu würdigen, mit einer Gleichgültigkeit, als würde sie über das Wetter reden. „Er ist mit einem Leber- und Milzriss eingeliefert worden. Die Ärzte haben ihn operiert. Zweimal. Aber es gelingt ihnen nicht, die innere Blutung vollständig zu stoppen.

Allem Anschein nach stimmt etwas mit der Gerinnung nicht. Das können wir im jetzigen Stadium aber nicht mehr beheben. Wir können ihm das Sterben nur noch erleichtern."

„Wie lange hat er?", fragte ich.

„Ein paar Stunden. Es kann aber auch schneller gehen", kam die prompte Antwort.

Wir erreichten eine Glastür. Die Stationsschwester blieb stehen und machte eine herrische Handbewegung, die uns eintreten ließ. Vor uns befand sich eine Art Plastikvorhang.

„Die Intensivstation ist vom Prinzip her wie ein Großraumbüro aufgebaut", sagte sie. „Einzelne Nischen, voneinander abgeteilt. Ihr Patient liegt ganz hinten rechts. Er ist bei Bewusstsein und weiß, wie es um ihn steht." Sie schlug den Vorhang zurück und wir betraten einen Gang, der beidseitig von aneinandergereihten kleinen Abteilen begrenzt wurde, in denen sich jeweils ein Patient befand. Die Luft war von Piepstönen diverser medizinischer Apparate erfüllt, unterlegt von rhythmischen Geräuschen einiger Beatmungsgeräte und den gelegentlichen Lauten der Patienten.

„Da bist du ja endlich, Judas!", zischte uns eine Stimme entgegen. Wittgen lag auf einem hohen Krankenbett. Sein Kopfkeil war aufgestellt. Seine Augen brannten in einem aufgedunsenen Gesicht, das ich fast nicht wiedererkannte.

Wir traten näher.

Was ich von Wittgens Armen sehen konnte, schien formlos und geschwollen. Er war an zahllose Schläuche angeschlossen, die wie überdimensionale Marionettenfäden von ihm herabhingen. Im Hintergrund pulste ein computergesteuertes EKG.

Über Wittgens Gesicht huschte jetzt eine Art Zucken. Es dauerte eine Zeitlang, bis mir klar wurde, dass er versuchte, zu lächeln. „Na, freut es euch, mich hier so zu sehen?“

Paul antwortete nicht.

„Das ist alles deine Schuld. Und das hast du…“, sagte er zu Paul. Er versuchte, seinen Arm zu heben, um auf Paul zu deuten, allein im fehlte die Kraft. „Das ist alles deine Schuld!“, wiederholte er matt. „Du hast es zu verantworten, dass ich hier so liege.“

Paul fuhr sich mit dem Rücken seiner Hand über den Mund und nahm sich mit der Antwort Zeit. „Sie befinden sich hier, weil Sie einen Unfall in der JVA hatten. Und in die JVA sind Sie gekommen, weil Sie Kinder missbraucht haben.“

„Das war kein Unfall. Ich bin gestoßen worden.“

„Ich habe mit dem Gefängnis telefoniert. Sie waren mit einem Aufseher allein auf der steinernen Haupttreppe unterwegs und sind ausgerutscht. Die Überwachungskameras haben alles aufgezeichnet.“

„Ha! Und das glauben Sie? Gestoßen haben die mich. Die wollten mich umbringen, weil sie mich für einen Verbrecher halten.“ Aus Wittgens Mund drang eine Art Röcheln, das schnell in ein Husten überging. Dann bebte sein gesamter Körper. Er schlug auf das Krankenbett und das stählerne Gestell quietschte bedrohlich. „Aber ich habe mir nichts zuschulden kommen lassen. Gar nichts!“

„Und die Kinder?“, warf Paul ein.

„Das waren keine Verbrechen.“

„Was waren das für Kinder, an denen Sie sich vergangen haben?“, fragte ich.

Wittgen warf mir einen Blick zu, in dem sich grenzenlose Abscheu spiegelte. Sofort richtete er seine gesamte Aufmerksamkeit wieder auf Paul. „Was will diese blöde Schlampe hier?"

Paul Miene zeigte keinerlei Gefühlsregung. „Sie wollten, dass ich komme. Und ich bin hier – aber nur solange sie auch hier ist. Das ist meine Bedingung."

Wittgen schien innerlich mit sich zu debattieren. „Wenn es denn unbedingt sein muss…", antwortete er schließlich.

„Sie haben die Frage von Frau Steinbach noch nicht beantwortet. Wo hatten Sie die Kinder her?"

„Die ersten Knaben kamen aus meinem Sportverein. Diese Jungs waren wirklich ungezogene Flegel. Die flehten geradezu darum, zurechtgewiesen zu werden." Die Stimme Wittgens war kratzig wie Schleifpapier. „Aber natürlich musste ich mich da zurückhalten. Wenn ich dort zu …" – er suchte nach den richtigen Worten – „wenn ich dort zu intensiv aufgetreten wäre, hätten sie wahrscheinlich bei ihren Eltern gepetzt. Also… - nein. Aber ich habe meine Verbindungen. Verbindungen über die Grenzen. Nach Tschechien. Zu Waisenheimen. Und die Kinder dort…", wieder glitt über das Gesicht Wittgens dieser erschreckende Ausdruck, den er für ein Lächeln hielt, „diese Kinder sind von Grund auf verdorben. Es war meine Pflicht, mich um sie zu kümmern. Und ich habe Gleichgesinnte gefunden, die mir bei der Aufgabe geholfen haben, sie zu erziehen und zu bestrafen."

Pauls Reaktion kam sofort: „Erziehen und bestrafen? Sie haben doch nur Ihre eigene Geilheit und Perversität ausgelebt, in dem Wissen, dass Sie ein Verbrechen begehen. Deshalb haben Sie sich auch mit Waisenkindern aus dem Ausland beliefern lassen, um unentdeckt zu bleiben."

Wieder hustete Wittgen. In seinem Mundwinkel erschien eine weißlich-rote Substanz. „Ich habe nicht mehr lange“, sagte er, als er wieder zu Atem kam.

„Das habe ich gehört.“

„Und ich habe ein Recht auf eine letzte Ölung. Hast du alles mitgebracht?“

Paul nickte. Er öffnete seinen Mantel, zog aus der Innentasche eine gelbe Stola heraus und legte sie sich um den Hals. Dann platzierte er eine messingfarbene Dose und einige andere Utensilien auf dem Nachttisch.

„Ich will meine letzte Ölung“, wiederholte Wittgen.

„Bevor wir damit anfangen, müssen Sie Ihre Sünden bereuen“, sagte Paul.

„Bereuen? Was soll ich denn bereuen?“

„Das, was Sie den Kindern angetan haben.“

„Ich habe es dir doch schon mehrmals gesagt! Wie oft soll ich es denn noch wiederholen?“ Wittgens Stimme war laut. Er sprach langsam und überdeutlich, als ob er Paul eine Selbstverständlichkeit erklären müsste. „Das war keine *Sünde*. Was ich getan habe, hat den Kindern *gut getan*. Das haben sie *gebraucht*. Und wie sie es gebraucht haben, diese.... diese Lümmel!“

Paul erwiderte zunächst nichts. Ich sah ihm deutlich an, wie sehr er mit seiner Beherrschung kämpfte. Schließlich fuhr er fort: „Bevor Sie Frieden mit dem Herrn schließen können, müssen Sie die Sünden, die Sie begangen haben, erkennen und zu einem Abschluss bringen. Fangen wir mit einer einfachen Frage an: in welcher Beziehung standen Sie zu Bernhard Schwarz?“

Kaum dass Paul Bernhards Namen ausgesprochen hatte, kreischte Wittgen auf. „Dieser Schwarz! Dieser

Idiot! Er war's. Er hat alles zerstört!"

„Inwiefern?" Paul hatte sich vorgebeugt. Sein Gesicht verriet eine immense Anspannung.

„Wir beide haben Jugendmannschaften trainiert. Und beim letzten Fußballturnier hat seine Mannschaft gegen meine gespielt. Dieser Typ hat unentwegt Fotos gemacht. Hielt sich wohl für einen Starfotografen. …Als wir gingen, hat er unsere Kameras vertauscht. Er hat versehentlich meinen Apparat mitgenommen."

„Ihre Kamera, auf der die Aufnahmen mit den Kindern waren?"

Wittgen nickte. „Ja. Die Aufnahmen meines letzten Kindercamps. …Er und ich – wir hatten dasselbe Kameramodell. Erst als ich die Dateien sichtete, merkte ich, was passiert war und versuchte, das Schlimmste zu verhindern."

„Und Sie haben ihn schließlich umgebracht", warf ich ein.

Wittgen bedachte mich erneut mit diesem kurzen Blick, aus dem Ekel sprach, bevor er sich wieder ganz und gar auf Paul konzentrierte: „Nein! Glaub' ihr kein Wort! Alle Frauen sind Huren. …Ich habe diesen Idioten nicht umgebracht. Es gelang mir ja nicht einmal, ihn zu erreichen. – Er hatte sich zu dem Zeitpunkt bereits selbst ertränkt, aber das erfuhr ich erst im Nachhinein. Deshalb schickte ich einen meiner Freunde. Er fuhr zu der Wohnung von diesem Schwarz und hat nach den Fotos gesucht. Aber er fand nur die Kamera, nicht die Speicherkarte, weil du und deine Nutte uns in die Quere gekommen seid."

Wittgen hustete. Es dauerte lange, bis er wieder zu Atem kam. „Wirklich schade, dass du oder zumindest deine Schlampe damals nicht verreckt seid, Pfaffe."

Pauls Hände, die bewegungslos an seinen Seiten herunterhingen, ballten sich zu Fäusten, um sich wieder zu entspannen. „Ich warte jetzt auf Ihre Beichte. Ihnen bleibt nicht mehr viel Zeit."

„Ich bin mir keiner Schuld bewusst. Ich habe nichts Falsches getan. Ich habe nur ein paar Lümmel durchgenommen. Wenn Du gesehen hättest, wie *willig* sie sich mir hingegeben haben! Sie haben sich mir *entgegengestreckt*, sich regelrecht *dargeboten*! ...Du solltest das auch einmal probieren. Dann wüsstest du, wovon ich spreche. ...Ich verlange jetzt meine Absolution. Sofort!"

Paul schüttelte langsam den Kopf. „Nein."

„Du weißt doch, sobald du mir meine Absolution gegeben hast, ist alles, was ich gemacht habe, hinfällig. Ich bin ein Geistlicher. Und ich habe das Recht, sofort in den Himmel zu kommen. Und du, ...du machst mir den Weg dorthin frei."

„Rechte", erwiderte Paul ungläubig. „Sie meinen, Sie haben Rechte?"

„Selbstverständlich. Ein Recht auf Absolution. Und dann auf den Weg ins ewige Jerusalem."

„Letzte Chance." Paul Stimme hatte jegliches Gefühl verloren. „Sie müssen Ihre Sünden aufrichtig bereuen. Sonst kann ich nichts für Sie tun."

Wittgen blieb stumm. Sein Blick hatte sich von Paul gelöst und fuhr unruhig über die schmucklosen Wände des Zimmers und die kahle Decke.

„Meine Absolution", wiederholte er schließlich. Er atmete rasselnd.

Paul streckte seine Hand nach der goldenen runden Dose aus, die auf dem Beistelltisch stand. Er verharrte in seiner Bewegung, als würde er nachdenken. Dann ergriff er die Dose und steckte sie entschlossen in seine Jackentasche. Ebenso verfuhr er mit den anderen Gegenständen.

Wittgen beobachtete ihn ungläubig. „Was machst du?"

Paul antwortete nicht.

„Ich habe ein Recht auf meine Absolution! Du musst sie mir geben!"

„Was passiert, wenn ich ablehne? Was passiert, wenn Sie sie nicht erhalten?", entgegnete Paul.

Wittgens Gesicht wurde noch eine Spur blutleerer und fahler. Seine Wangen schienen von einem Augenblick zum anderen eingefallen. „Du weißt, ich habe nicht mehr lange. Ich kann es spüren. Du kannst mich nicht im Stich lassen!"

Paul knöpfte sich seine Jacke zu. „Jetzt flehen Sie um Gnade. Und in Ihrem Leben, haben Sie den Kindern, die Ihnen ausgeliefert waren,... Haben Sie da jemals Gnade walten lassen?"

Der Körper Wittgens bäumte sich auf. Er streckte seine Arme nach vorne. Einige der Nadeln, die in ihm steckten, sprangen heraus. Blut tropfte. „Du verdammtes Schwein! Du kannst mich doch hier nicht so zurücklassen!", keuchte er.

Pauls Gesicht war wie aus Stein gehauen. Seine Hand fuhr in die Jacke. Er zog einen Zigarillo heraus, betrachtete ihn aufmerksam und rollte ihn zwischen seinen Fingern. Dann wandte er sich Wittgen zu.

Ganz ruhig und ohne Hast sprach er die folgenden Worte: „Fahr' zur Hölle."

38

„Vivian Kern. Sie war die Cornelias beste Freundin. Die beiden waren laut Frau Heinze unzertrennlich."

„Was wissen wir von ihr?", fragte ich.

„Dem Vater gehört eine Firma – der zweitgrößte Arbeitgeber am Ort. Sie selbst studiert…", Paul blätterte in seinen Unterlagen, „…ach ja, Betriebswirtschaft."

„Hat sie Geschwister?"

„Nein."

„Ein Einzelkind, also. Wie Cornelia", sinnierte ich.

„Und Bernhard", ergänzte Paul.

Das Motorengeräusch meines Golfs erschien überlaut. Ich bremste, weil die Strecke gesperrt war.

„Was gibt's?", fragte Paul und riss seinen Blick von den Papieren los.

„Siehst du doch. Die Brücke wird renoviert. Wir müssen einen Umweg nehmen."

„Das hat dir dein schlaues Navi nicht gesagt?", stichelte Paul.

„So schlau ist es auch wieder nicht. Das Teil ist von Aldi. Du kannst mir ja zum Geburtstag ein richtiges schenken, was sich ohne Zusatzkosten aktualisiert."

Paul grinste.

Die Ausweichroute führte uns ein Stück weiter über eine andere Brücke. Der Fluss darunter war breit, sein Wasser braun und schlammig. Dann schlängelte sich die Straße leicht bergan. Die Gegend veränderte sich. Eine Villa reihte sich an die andere.

„Ich glaube nicht, dass es Sinn macht", begann ich.

„Doch", bekräftigte Paul. „Wir können es wenigstens einmal versuchen."

„Aber jetzt, um diese Zeit, wird wohl kaum einer zuhause sein."

„Das weißt du doch nicht. Vielleicht können wir uns einen Eindruck verschaffen. Und vielleicht erwischen wir zumindest ihre Mutter."

Das Haus, vor dem wir jetzt hielten, stand weit zurück. Davor der obligatorische schmiedeeiserne Zaun, dahinter ein penibel angelegter Garten. Wir schauten aus unserem Wagen in das Grundstück hinein. Kein Licht, das Gebäude schien absolut verlassen.

„Ganz schön wohlhabend", sagte ich.

Paul verzog einen Mundwinkel. „Herrn Kern gehört die zweitgrößte Firma in der Gegend. Und da kommt schon einiges zusammen."

„Du bleibst am besten sitzen und ich schaue, ob ich jemanden erwische", sagte ich, halb im Aussteigen. Paul wollte protestieren, aber dann nickte er dankbar. Ich wusste, dass ihm seine Rippenprellung noch immer Schmerzen verursachte, auch wenn er versuchte, sich nichts anmerken zu lassen.

Ich klingelte am Gartentor und blickte freundlich in die Überwachungskamera, die an einem der Pfosten befestigt war.

Im Haus blieb alles still.

Ich versuchte es noch zweimal erfolglos, dann kehrte ich in mein Auto zurück.

„Niemand da", sagte ich, ließ mich auf meinen Sitz fallen und schlug die Fahrertür zu.

„Du hattest recht", meinte Paul.

„Wie immer", ergänzte ich.

Paul seufzte und holte sich einen Zigarillo aus der Tasche. Er machte Anstalten, sich Feuer zu geben, doch als er meinen strafenden Blick bemerkte, steckte er ihn unangezündet zurück in die Packung. „Dann fahren wir zur nächsten Adresse auf Frau Heinzes Liste. Oder willst du hier warten?"

„Das kann Stunden dauern und ist nicht so lustig, wie es in Polizeifilmen immer rüberkommt. Das ist echt öde. Lass uns lieber weiterfahren. Wir kommen dann später zurück."

Ich wollte den Zündschlüssel drehen, als sich am Haus ein Schatten bewegte. Er wurde kleiner und größer, verschwand und erschien wieder.

„Achte mal auf den Eingang", sagte ich.

Paul kniff die Augen zusammen, starrte angestrengt auf das Gebäude und meinte nach einer Weile: „Was soll da sein?"

„Siehst du den Schatten?"

„Ja", meinte er. „Aber ich weiß nicht, was das bedeuten soll."

„Ich schon. Das ist die Tür. Sie ist offen und schwingt hin und her."

Das Gartentor war nicht verschlossen. Wir gingen nebeneinander über das breite Kopfsteinpflaster, das zum Haus hinaufführte. Ich hatte meine Jacke leicht zurückgeschlagen. Meine Hand ruhte auf dem Gummigriff der Neun-Millimeter.

Je näher wir kamen, desto deutlicher konnten wir erkennen, dass die Haustür tatsächlich nur angelehnt war und vor und zurück pendelte.

Wir verharrten kurz vor dem Gebäude. Ich trat sacht gegen die Tür, die weit nach innen schwang.

„Hallo?“, rief ich. „Ist jemand zuhause?“

Niemand antwortete mir.

Ich gab Paul ein Zeichen mit dem Kopf und wir traten ein. Wir kamen in eine Vorhalle, sie war aufgeräumt. Auf dem Boden lag ein moderner hellblauer Designerteppich. Darauf hatte jemand braune Farbe ausgeschüttet. Ich fuhr mit einer Fußspitze hinein und zog sie zurück.

„Blut“, sagte ich.

Meine Neun-Millimeter ruhte jetzt in meiner Hand und ich drückte den Sicherungshebel nach unten. Es knackte leise.

Wir folgten den Blutspritzern durch die Tür und gelangten in ein verlassenes Wohnzimmer. Auch hier war alles ordentlich. Das einzige, was störte, war ein Stück Holz, das auf dem Couchtisch lag. An den Nägeln, die durch die Latte geschlagen waren, klebte Blut und etwas, was aussah, wie Gewebe.

Paul eilte hin und wollte es ergreifen, um es sich näher anzusehen.

„Stopp!“, zischte ich. „Fass hier nichts an. Das ist ein Tatort.“

„Ein Tatort?“

„Na das siehst du doch! Das muss ein solches Instrument sein, wie es die beiden Suizidopfer auch benutzt haben, um sich die Hände zu durchlöchern.“

Ich ging zum Tisch und sah mich gründlich um. Ich ließ meine Augen über den Raum schweifen, betrachtete beleuchtete Vitrinen, den überdimensionalen Plasmafernseher und die teure Stereoanlage. Auf einem Schreibplatz in der hinteren Ecke stand ein hochmoderner Laptop. Sein Bildschirm war dunkel. Aber das Lämpchen am Ein- und Ausschalter leuchtete.

Ich trat näher und drückte auf eine der Tasten. Ein Text erschien. Allerdings war es eigentlich kein Text.

Der Fluss der Fluss **der Fluss** *der Fluss* der Fluss DER FLUSS **DER FLUSS** der Fluss **der Fluss** DER FLUSS ***der Fluss*** Der Fluss **der Fluss** *der Fluss* der Fluss

stand dort, unzählige Male, in unterschiedlichen Größen und in unterschiedlichen Schriftarten.

Paul beugte sich zur Tastatur, tippte herum und meinte dann: „Das ist erst vor Kurzem geschrieben worden."

„Was soll das bedeuten?", fragte ich.

Mit einem Mal richtete sich Paul kerzengerade auf. „Schnell, hoffentlich kommen wir nicht zu spät."

Er rannte aus dem Haus. Ich folgte ihm dicht auf den Fersen. Wir rissen die Türen auf und hechteten ins Auto.

„Fahr schon!", drängte er mich.

„Wohin?"

Er deutete in Richtung des Flusses, über den wir gekommen waren. Ich ließ den Motor aufheulen. Wir schossen mit quietschenden Reifen durch die engen

Straßen der Siedlung. Bald sahen wir die gesperrte Brücke vor uns liegen.

„Halt an“, schrie Paul. „Halt sofort an.“

Ich legte eine Vollbremsung hin. „Und jetzt?“

Paul schwieg. Auf das Armaturenbrett aufgestützt, suchte er die verwaiste Baustelle ab. Seine Augen waren zu kleinen Schlitzen zusammengezogen. „Ich kann nichts erkennen. Du?“

An einem der Gitterstäbe der Brüstung war eine Schnur befestigt. „Komm“, sagte ich. „Da vorne.“

Wir sprangen aus dem Wagen, ließen die Türen offen und rannten los. Auf der Mitte der Brücke angekommen, erkannten wir, dass es sich bei der Schnur um ein dickes Hanfseil handelte. Es war um das Brückengeländer geknotet und hing straff nach unten.

Wir betasteten das Seil und blickten zum Fluss. Ein Körper hing leblos knappe zwei Meter unter uns. Seine Beine ragten halb ins Wasser hinein. Die Strömung riss an der Figur in einem weißen Leinenkittel - sie wurde wie von unsichtbaren Händen hin- und herbewegt.

„Hilf mir“, rief Paul. Ächzend kletterte er halb über die Brüstung und versuchte, das Seil zu packen. Es gelang ihm nicht.

„So geht das nicht!“, meinte ich.

„Wie denn dann?“

Ich hastete zurück zum Auto und kramte mein Abschleppseil aus dem Kofferraum.

„Schnell“, rief Paul, „schnell! Ich habe den Notruf verständigt. Aber vielleicht lebt sie ja noch. Wir müssen es versuchen. Bis die Sanitäter kommen, ist sie ganz sicher tot!“

Gemeinsam gelang es uns, eine Schlinge in das

sperrige Drahtseil zu knoten.

„Du bleibst oben“, rief ich Paul zu, während ich die Böschung zum Fluss schlitternd herunterkletterte. Ohne zu zögern stieg ich ins eiskalte Wasser. Es war nicht tief, aber die Strömung zerrte heftig an mir und die Steine, die den Boden bedeckten, waren glitschig. Es dauerte viel zu lange, bis ich mich neben dem leblosen Körper der erhängten Frau befand.

Paul hatte sich mit schmerzverzerrtem Gesicht weit über das Geländer gebeugt. Das Abschleppseil, dessen Ende er in seinen Händen hielt, streifte fast das Wasser.

Ich legte die Schlinge um die Beine des Opfers und schob sie nach oben, soweit meine Arme reichten.

Paul erledigte den Rest. Er zog an dem Abschleppseil, bis sich die Schlinge unter den Achseln der Frau befand. Währenddessen kletterte ich mühsam ans Ufer, rutschte ein paar Mal aus und kam über und über mit Schlamm und Erde beschmiert wieder bei Paul an.

In der Zwischenzeit hatte Paul den Körper schon angehoben. Das Seil, das um den Hals der Frau geschlungen gewesen war, war nicht mehr gespannt. Ich schnitt es mit meinem Taschenmesser durch.

Gemeinsam hievten wir die leblose Frau vollends über die Brüstung und ließen sie auf den Boden gleiten. Ich beugte mich herab und riss an dem Strick, der sich tief in ihren Hals eingegraben hatte.

In diesem Moment ertönte eine Sirene, die schnell näher kam. Schritte trommelten auf den Beton und als ich aufblickte, sah ich zwei Sanitäter in hellroten Jacken vor mir stehen.

„Machen Sie Platz! Wir übernehmen!“

39

Ich saß auf einem Sessel in dem großen Wohnzimmer, in dem Paul und ich vor rund drei Stunden bereits einmal gestanden hatten. Der Laptop auf dem Schreibtisch in der Ecke des Raumes war inzwischen heruntergefahren, das Holz mit den Nägeln und Vivians Blut weggeräumt. Sonst hatte sich an dem Raum nichts verändert – wohl aber für die Familie Kern, wobei es noch schlimmer hätte kommen können. Viel schlimmer. Dank unseres Eingreifens hatte Vivian überlebt. Sie schwebte nicht mehr in Lebensgefahr, hatten uns die Ärzte wissen lassen, musste jedoch noch für ein paar Tage zur Beobachtung in der Klinik bleiben. Ab morgen würde sie Besuch empfangen dürfen.

Ich rührte gedankenverloren in meinem Tee.

Paul und ich hatten den Eltern die Nachricht vom versuchten Selbstmord Vivians überbracht. Die Mutter war beinahe zusammengebrochen und den Vater hatten wir kaum davon abhalten können, sofort ins

Krankenhaus zu eilen.

Paul hatte sich mit beiden ins Esszimmer zurückgezogen. Wenn ich genau darauf achtete, hörte ich durch die geschlossene Tür ihre Stimmen wie ein leises Flüstern zu mir durchdringen.

Ich stand auf und begann, mich umzusehen. In den beleuchteten Vitrinen befand sich hauptsächlich Porzellan und eine antike Gesamtausgabe von Goethes Werk. Ich fand nichts, was irgendeinen Aufschluss über die Bewohner des Hauses, oder über den bizarren Selbstmordversuch Vivians hätte geben können.

Andererseits sah man dem Zimmer den Wohlstand der Familie an. Der offene Kamin, mit dem gemauerten Sims aus Naturstein, sprach eine deutliche Sprache. Ich ging hinüber und stellte mir vor, wie das Feuer an Winterabenden munter knacken würde. Es war alles in allem ein gemütliches und wohnliches Heim – ein Platz, an dem man sich rundum wohlfühlen konnte.

Ich betrachtete die Bilder, die auf dem Kaminsims standen. Vivian, die ich gemeinsam mit Paul erst vor kurzem nahezu stranguliert über das Brückengeländer gezogen hatte, lachte mich aus verschiedenen goldenen Bilderrahmen an. Die Fotos waren offensichtlich allesamt in einem Abstand von jeweils ein paar Jahren geschossen worden. Immer war das Kind glücklich und fröhlich gewesen. Immer sah sie in die Kamera. Nie war eine Spur von Angst oder Depression zu erkennen.

Es gab Fotos von Urlaubsorten - der obligatorische Blick auf eine Mittelmeerinsel fehlte ebenso wenig, wie Aufnahmen von tief verschneiten Berghängen.

Auch die Eltern waren in der Galerie vertreten – konventionelle Portraits, lächelnd, in privater Umgebung. Die Arbeitsstelle des Vaters war abgelichtet und sogar ein altes Schulfoto der Mutter befand sich in der beachtlichen Sammlung. Eine Aufnahme, wie man sie schon dutzende Male gesehen hatte, sodass sie einem irgendwie bekannt vorkam: Mädchen mit altmodischen Frisuren und seltsam unsportlichen Körpern standen zu einer Gruppe zusammen und versuchten, erwachsen auszusehen. Tja, die Zeit verging.

Die Tür zum Esszimmer öffnete sich. Zunächst erschien Paul. Vivians Eltern folgten. Der Vater hatte wieder etwas Farbe im Gesicht. Die Augen der Mutter waren vom Weinen rot gerändert, aber auch ihr schien es etwas besser zu gehen. Sie wirkte gefasster.

„Frau Steinbach“, begann Herr Kern. „Ich weiß gar nicht, wie wir Ihnen und Herrn Wagner danken sollen, dass Sie unsere Vivian gefunden und gerettet haben. Wenn Sie nicht gewesen wären…“ Herr Kern brach ab.

„Sie müssen sich nicht bedanken. Herr Wagner und ich sind froh, dass es Vivian jetzt den Umständen entsprechend gut geht und sie bald wieder zu Ihnen nach Hause kann“, winkte ich ab.

Stille breitete sich aus.

„Schöne Fotos“, sagte ich nach einer Weile. Frau Kern sah mich an und ich wurde konkreter. „Ich habe mir gerade gedacht, was für ein wunderschönes Heim Sie hier haben.“

Frau Kern nickte, setzte sich und legte ihre zitternden Hände auf die Knie. Ihr Mann nahm neben ihr Platz, hielt aber Abstand – ganz so, als würde er es nicht wagen, sie zu berühren. Paul setzte sich ebenfalls in einen Sessel und wieder war da dieses Schweigen. Dieses Schweigen, das ich in den letzten Tagen viel zu oft erlebt hatte.

Paul wandte sich mir zu. „Herr und Frau Kern können sich überhaupt nicht erklären, was in Vivian gefahren ist."

Ich betrachtete die beiden Menschen, die vor mir saßen und erinnerte mich an ein anderes Elternpaar, das ich fast in der gleichen Haltung und in nahezu identischer Verfassung gesehen hatte. Nein, hier würden wir keine weiteren Informationen bekommen. Niemand in diesem Raum würde uns erklären können, warum Vivian sich hatte erhängen wollen.

„Paul, ich glaube, es ist das Beste, wenn wir jetzt aufbrechen", sagte ich.

Paul warf mir einen forschenden Blick zu und als er sah, dass ich es ernst meinte, nickte er. „Ja. Wir können hier im Moment nichts weiter tun." Und zu den Kerns gewandt: „Wann immer Sie mich brauchen – Sie haben meine Telefonnummer und Sie haben jetzt auch meine Handynummer. Rufen Sie mich einfach an und ich bin in wenigen Minuten bei Ihnen." Er erhob sich.

Ich ging hinüber zum Kaminsims. Die Bilder ließen mich nicht los. „Sie haben Ihre Firma selbst aufgebaut?", fragte ich Herrn Kern.

Herr Kern nickte. „Ich habe ganz klein angefangen, mit einem schäbigen Lagerraum. Er war der Grundstock zu meinem Unternehmen."

„Sie können stolz auf das sein, was Sie geschaffen haben", sagte ich und Herr Kern nickte erneut.

„Und Sie? Sind Sie auch berufstätig?", fragte ich seine Frau.

Frau Kern straffte ihre Schultern und sah mich an. „Nein, wie kommen Sie darauf? Bei der Größe unserer Firma - …da muss ich nicht arbeiten. Wir können uns den Luxus leisten, dass ich meinem Mann den Rücken freihalte."

Ich griff mir das leicht verblichene Abiturfoto vom Kaminsims und deutete lächelnd mit dem Finger darauf. „Na, ich dachte, weil ich hier ein Schulfoto von Ihnen sehe, dass Sie vielleicht auch studiert haben. Es hätte ja sein können, dass Sie ebenfalls einen Beruf ausüben."

Frau Kern versuchte, zurückzulächeln. „Das stimmt schon. Ich habe Chemie studiert. …Aber als wir geheiratet haben, war es für mich selbstverständlich, dass ich zuhause bleibe."

„Das war besser", pflichtete ihr Herr Kern bei. „Wir wollten, dass es Vivian an nichts mangelt. …Sie müssen wissen…, meine Frau hatte mehrere Fehlgeburten, bevor sie mit Vivian erfolgreich schwanger wurde. Deshalb haben wir auch keine weiteren Kinder. …Wir wollten, dass unsere Tochter immer jemanden hat, der für sie da ist. Wir haben immer alles für sie getan. Wir haben immer unsere Interessen hintenan gestellt. Unsere Tochter ist unser Lebensmittelpunkt."

„Ja", meinte ich lahm. Und weil mir nichts einfiel, was die unausgesprochenen Ängste der beiden Menschen vor einem erneuten Selbstmordversuch ihrer Tochter hätte zerstreuen können, fügte ich an: „Wo haben Sie sich kennengelernt?"

„In Neustadt", antwortete Herr Kern. „Meine Frau machte gerade Abitur und ich hatte dort eine Praktikumsstelle bei einer Firma. Wir haben uns im Bürgerzentrum getroffen."

„Sie sind aus Neustadt?“, fragte ich Frau Kern.

Frau Kern schüttelte den Kopf. „Nein. Ich war dort lediglich im Internat. Und…, naja, … - für junge Menschen wurde nicht viel geboten. Also habe ich mich in der Gemeinde engagiert. Und dort haben wir uns dann das erste Mal gesehen.“

Ich wollte das Foto zurückstellen. Doch dann blieb mein Blick an der Ablichtung hängen und mir wurde bewusst, warum sie mir bekannt vorkam. Es lag nicht an den zahlreichen ähnlichen Schulfotos, die ich kannte, sondern an einer ganz besonderen Aufnahme, die ich erst vor Kurzem im Wohnzimmer von Cornelias Eltern gesehen hatte. Die Fotos waren identisch.

Paul reichte Frau Kern zum Abschied soeben die Hand.

Ich räusperte mich. „Frau Kern. Ich hätte noch eine letzte Frage.“

Frau Kern wandte sich mir zu.

„Ihre Vivian war doch mit Cornelia Heinze gut befreundet.“

Ich sah die Angst in Frau Kerns Augen aufleuchten. Die Angst, ihr Kind doch noch zu verlieren. „Cornelia hat Selbstmord begangen. Denken Sie, dass Vivian deshalb…“ – sie brach ab.

„Bitte entschuldigen Sie“, beeilte ich mich zu sagen. „Ich habe das soeben sehr unglücklich formuliert. Was ich eigentlich wissen wollte, ist: Waren Sie und Cornelias Mutter ebenfalls Freundinnen? – Ich frage deshalb, weil Frau Heinze das gleiche Schulfoto besitzt, wie Sie auch.“

Frau Kern atmete erleichtert aus. „Ach, Frau Heinze und ich besuchten die gleiche Jahrgangsstufe. Aber sie war nicht in meiner Klasse. Wir kannten uns damals mehr oberflächlich. Ich glaube, wir hatten gemeinsam Sportunterricht. Ich habe sie erst besser kennengelernt, als sich Vivian und Cornelia angefreundet haben."

Herr Kern begleitete uns zur Tür. Wortlos drückte er sie hinter uns ins Schloss.

Draußen erwartete uns Dunkelheit und ein blauschwarzer Himmel. Eine dicke Wolkendecke lag über uns. Ich konnte keinen einzigen Stern sehen.

Paul und ich waren bei unseren Ermittlungen nicht weitergekommen. Nach wie vor hatten wir keine Anhaltspunkte, warum Cornelia, Bernhard und jetzt auch Vivian nicht mehr hatten leben wollen.

Morgen würden wir Vivian befragen. Sie stellte die letzte konkrete Spur dar, die wir hatten.

40

Draußen senkte sich die Nacht herab. Regen hatte eingesetzt. Das Feuer im Kamin flackerte unruhig, wenn ein Windstoß die Luft nach unten in den Schornstein drückte.

Wir saßen in der Bibliothek, hatten unsere Sessel um die Feuerstelle gerückt und tranken Kaffee. Lorenzo hatte dazu eine Art italienische Muffins gebacken, die auf der Zunge zergingen. Wir führten Smalltalk, in dem vergeblichen Versuch, uns zu entspannen.

Das Telefon schellte.

Zunächst nahm Lorenzo das Gespräch entgegen, dann reichte er den Hörer an Paul weiter. Paul stand auf und stellte sich einige Schritte abseits. Ich konnte ihn beobachten, wie er angestrengt den Worten lauschte und ich hatte den Eindruck, dass ihn das, was ihm sein Gesprächspartner sagte, aufregte. Paul drückte das Telefonat mit dem Daumen weg und wandte sich uns zu, wobei er den Hörer in seiner

Hand behielt.

Niemand wagte es, ihm eine Frage zu stellen.

„Das war Frau Kern“, sagte er schließlich.

„Stimmt was nicht mit Vivian?“, fragte ich alarmiert.

„Nein, ihr Zustand ist stabil. Aber… sie haben die Ergebnisse des Bluttests bekommen.“

„Und?“

„Sie stand unter Drogen. Sie hatte und hat immer noch eine hohe Dosis von Scopolamin im Blut.“

„Scopo – was?“

„Scopolamin. Frau Kern meinte, die Ärzte hätten ihr erklärt, das sei eine Grundsubstanz von K.O.-Tropfen.“

Ich runzelte die Stirn. „K.O.-Tropfen? Wie soll sie denn da rangekommen sein?“

„Die Ärzte wissen es nicht. Ebenso wenig Vivians Eltern. Und Vivian selbst schweigt beharrlich.“

„Man muss doch aber feststellen können, wo das Gift herkommt“, mischte sich Lorenzo ein.

„Ich glaube nicht, dass man das zurückverfolgen kann“, sagte Satorius. Er fuhr mit seinem Rollstuhl zu dem Sekretär, auf dem sein Laptop stand.

„Scopolamin ist eine extrem gefährliche Substanz. Sie wird in ganz geringer Dosierung unter ärztlicher Aufsicht in der Medizin eingesetzt.“ Satorius fuhr den Laptop hoch und klapperte auf der Tastatur herum. „Wenn man zu große Mengen davon erwischt, ist Scopolamin tödlich. Ansonsten wird derjenige, der es unkontrolliert einnimmt, regelrecht apathisch und willenlos. Er ist Suggestionen gegenüber absolut offen. In den fünfziger Jahren wurde das Zeug als Wahrheitsdroge verwendet.“ Auf seinem Laptop erschienen einige Bilder. Seltsame Gewächse und altertümliche Schrift.

„Die Droge kommt auch in heimischen Pflanzen vor. Zum Beispiel im Bilsenkraut“, fuhr Satorius fort. „Früher haben es Heiler und Hexen benutzt.“

„Was haben die damit gemacht?“, wollte Paul wissen.

Satorius klickte eine andere Seite an. „Die Flugsalben der Hexen beinhalteten hauptsächlich diesen Stoff.“

„Flugsalben“, wiederholte ich.

„Nun, nicht im eigentlichen Sinne des Wortes. Fliegen konnten die Frauen damit natürlich nicht, aber sie hatten zumindest den starken subjektiven Eindruck. …Und wie gesagt, wenn man etwas zu viel davon erwischt, bringt es einen um.“

Bei seinen letzten Worten war ich aufgestanden und hinter ihn getreten, um den Bildschirm besser sehen zu können.

Satorius öffnete eine neue Seite. „Es ist doch seltsam“, meinte er, „dass so schöne Pflanzen derartig gefährliche Wirkstoffe enthalten.“

„Was ist das?“, fragte ich und deutete auf eine Blüte, die aus einem großen nach unten hängenden Kelch bestand.

„Die Engelstrompete“, antwortete Satorius. „Sie ist durchaus häufig in unseren Gärten anzutreffen. Wir hatten auch einmal eine im Vorgarten stehen. Allerdings muss man sie im Herbst zurückschneiden, ausgraben und im Dunkeln überwintern lassen. Sie war wirklich eine üppige Schönheit. Aber in einem Jahr kam der Frost unerwartet und …nun ja, sie hat es nicht überlebt.“

„Diese Blüten sind wirklich so gefährlich?“

„Nicht nur die Blüten, auch die Blätter und

Wurzeln. … Genauso verhält es sich mit dem Bilsenkraut, oder…“ er rief eine neue Seite auf, „oder bei dieser Pflanze hier, der Tollkirsche.“

„Was für ein treffender Name“, sagte ich und beugte mich noch weiter vor, um das eher unscheinbare Gewächs mit den kleinen schwarzen Früchten näher zu betrachten.

„Ja. Sieht aus wie eine Kirsche, nur etwas dunkler. Allerdings ist ihre Wirkung verheerend. Bereits das bloße Anfassen kann bei empfindlichen Menschen Ausschläge verursachen.“

Ich studierte die Seite genau. Etwas in meiner Erinnerung schlug Alarm. „Findest du vielleicht ein Bild nur von diesen Früchten?“

Satorius Finger flogen über die Tasten und bald erschien eine große Abbildung mit einem Korb voll dieser unspektakulären Beeren.

„Das habe ich schon einmal gesehen“, sagte ich leise.

Paul und Lorenzo waren hinter uns getreten und ich blickte mich zu ihnen um. „Erinnerst du dich nicht mehr, Paul?“

Paul schüttelte den Kopf. „Woran?“

„Als wir bei Bernhard waren, hatte er eine kleine Plastikschüssel voll dieser Früchte. Ich dachte damals, es wären vertrocknete Kirschen und wunderte mich noch insgeheim, warum die so dunkel waren. Aber jetzt, …jetzt bin ich mir sicher. Es war eindeutig dieses Teufelszeug. …Daher hatte er vermutlich auch sein Ekzem.“

„Was wollte er mit den Tollkirschen?“, fragte Paul.

„Keine Ahnung. Vielleicht hat er sich zugedröhnt und hat etwas zu viel davon erwischt.“

„Das würde einiges erklären“, Paul wirkte

zögerlich. „Insbesondere seinen Tod. …Aber wie kam Vivian an diese Droge?“

„Bernhard, Vivian und Cornelia waren ungefähr im selben Alter. Vivian und Cornelia waren Freundinnen. Vielleicht kannte eine von beiden Bernhard und er hat sie mit diesem Gift beliefert“, mutmaßte ich.

„Aber das muss doch jemandem aufgefallen sein“, meldete sich Lorenzo zu Wort.

„Die Heinzes meinten, dass sich Cornelia in den letzten Monaten grundlegend verändert habe. Sie konnten sich nur nicht erklären, warum. Wenn sie die Droge regelmäßig nahm, wird das Ganze nachvollziehbar.“ Paul war deutlich anzumerken, dass ihm diese Entwicklung nicht behagte.

„Dann war Bernhard eine Art Dealer?“ Auch Lorenzo wirkte ungläubig.

„Wer kann das so genau sagen. Wie es scheint, hat er das Zeug selbst auch genommen. Möglicherweise praktizierten die drei auch eine Art von Okkultismus“, warf Satorius ein. „Wiccas, moderne Hexen – in diesen Kreisen dürfte die Substanz zumindest nicht unbekannt sein.“

„Das werden wir wohl nie mit Sicherheit sagen können. Cornelia und Bernhard waren eindeutig Selbstmörder. Deshalb wurden sie auch nicht obduziert.“, entgegnete ich. „Aber wir könnten Frau Dr. Hofmann fragen. Sie war die Hausärztin von Cornelia. Vielleicht ist der etwas aufgefallen. Vielleicht wusste sie über Cornelias Abhängigkeit Bescheid oder hatte zumindest einen Verdacht in diese Richtung.“

Paul nickte entschlossen. „Morgen früh, noch bevor wir zu Vivian fahren, werden wir Frau Dr. Hofmann besuchen und sie fragen. Zumindest kann sie uns einen Tipp geben, wie wir Vivian darauf ansprechen sollen.“

Die Beeren auf dem Bildschirm wirkten noch immer klein und unscheinbar.

41

„Kommen Sie nur!" Die Stimme von Frau Dr. Hofmann klang wie immer warm und freundlich.

Die Tür zu ihrer Praxis stand offen. Wir traten ein.

Frau Dr. Hofmann war über einen der Tische in ihrem Wartezimmer gebeugt. Gerade nahm sie einen Stapel Zeitschriften hoch, die dort zur Lektüre lagen und packte sie auf ein angrenzendes Regal. Sie verstaute das Bonbonglas daneben. „Wir brauchen etwas Platz", sagte sie über ihre Schulter hinweg.

Auf dem Tisch selbst war für drei Personen gedeckt: eine offensichtlich handgefertigte Teekanne aus Ton, passendes Geschirr und eine Schale mit Plätzchen.

„Guten Tag, Frau Doktor", sagte Paul. Er wirkte von dem geschäftigen Treiben der Ärztin ebenso überrascht, wie ich.

Frau Dr. Hofmann lächelte. „Als Sie mich angerufen und mir mitgeteilt haben, dass Sie mich besuchen wollen, habe ich einfach meinen Patienten für heute früh abgesagt."

„Das wäre doch nicht nötig gewesen", protestierte ich.

„Ach was! Wenn Sie sich schon so viel Zeit für diesen Fall nehmen, dann kann auch ich meinen bescheidenen Teil dazu beitragen. …Und wer sagt, dass wir es uns nicht auch ein wenig schön machen können?"

Paul und ich standen unschlüssig herum, aber das Lächeln der Ärztin wirkte ansteckend. „Jetzt zieren Sie sich doch nicht so! Legen Sie ab und setzen Sie sich zu mir."

Wir hängten unsere Mäntel an die Garderobe und nahmen in den bequemen Sesseln Platz.

Frau Dr. Hofmann schenkte uns ein. Der Tee roch süß und wunderbar aromatisch. Paul verzog dennoch kaum merklich sein Gesicht. Er griff als Erstes zu den Plätzchen und biss hinein. „Ausgezeichnet", lobte er.

Ich nahm einen Schluck von dem heißen Getränk und probierte ebenfalls von dem Gebäck – eine Mischung aus Hafer- und Butterplätzchen. „Wirklich gut", sagte ich.

„Danke für die Komplimente", lächelte Frau Dr. Hofmann. „Ich habe nicht häufig Besuch. …Ich meine, privat. …Und ich freue mich, dass ich Ihnen helfen kann." Sie setzte sich uns gegenüber und machte es sich bequem.

„Scopolamin", begann Paul. „Es wurde im Blut einer jungen Frau gefunden, die gestern ebenfalls versucht hat, Selbstmord zu begehen."

„Sie hat es versucht? Heißt das, sie ist noch…"

„Ja", unterbrach Paul. „Sie ist noch am Leben."

„Gottseidank, das arme Kind." Frau Dr. Hofmann trank von ihrem Tee und knabberte geistesabwesend an einem Plätzchen. „Und wie kann ich Ihnen helfen?“

„Wir haben im Internet gelesen, dass Scopolamin apathisch und vollkommen willenlos macht. Es verändert grundlegend die Persönlichkeit. Und wir haben uns überlegt…“, ich zögerte.

„Woran haben Sie gedacht, Frau Steinbach? Reden Sie ruhig weiter.“

„Wir haben uns gedacht, dass es sein könnte, dass vielleicht auch Cornelia Heinze mit dieser Droge in Berührung gekommen ist.“

„Cornelia?“

„Es würde erklären, warum sie sich von ihrer Familie mehr und mehr zurückgezogen hat. Und es könnte sogar die Ursache für ihren Selbstmord gewesen sein.“

„Das verstehe ich durchaus, aber das müsste mir doch aufgefallen sein. Cornelia war wegen ihres Asthmas recht häufig bei mir.“

„Und Sie haben nichts bemerkt?“, hakte Paul nach.

Die Ärztin dachte kurz nach und schüttelte schließlich energisch den Kopf. „Nein. Und das wäre mir ganz sicher nicht entgangen. Eine derartig schwerwiegende Droge. Die Symptome sind einfach nicht zu übersehen.“

Ich nickte, bevor ich wieder von meinem Tee trank. Aus den Augenwinkeln sah ich, wie Paul verstohlen seine Tasse in einen der Blumentöpfe leerte. Er war dabei derartig geschickt, dass es Frau Dr. Hofmann nicht bemerkte. Trotz der ernsten Thematik konnte ich nur mit Mühe ein Lächeln unterdrücken. Paul war wirklich ein eingefleischter Teehasser.

„Bernhard, das zweite Opfer, hatte die Grundsubstanz für die Droge jedenfalls zuhause bei sich", sprach ich weiter.

„Die Blüten oder Blätter der Engelstrompete?", fragte Frau Dr. Hofmann.

„Tollkirschen. Er besaß eine ganze Schale davon."

„Das kann ich mir beim besten Willen nicht erklären. Was wollte er damit?"

Im Nebenraum schrillte ein Telefon. Wir versuchten, es zu ignorieren, aber es wollte einfach nicht aufhören. Frau Dr. Hofmann lächelte entschuldigend. „Sicher ein Patient", meinte sie.

„Und wie es scheint, ein Hartnäckiger", sagte ich.

„Der kann warten."

„Das können wir auch. Gehen Sie nur!"

Frau Dr. Hofmann blickte von Paul zu mir, und als sie sah, dass es uns nichts ausmachte, erhob sie sich. „Ich bin gleich wieder zurück."

Wir hörten, wie sie das Gespräch annahm, es blieb eine Weile still und dann begann sie, langsam und deutlich zu sprechen. Ich hörte die Worte *Verband* und *Salbe*. Offensichtlich gab sie eine Medikation durch.

Ich lehnte mich im Sessel zurück und unterdrückte ein Gähnen. Obwohl ich in der letzten Nacht gut geschlafen hatte, war ich doch noch recht müde.

Widerwillig erhob ich mich, um meine Trägheit loszuwerden. Frau Dr. Hofmann sprach noch am Telefon. Ich befand mich jetzt vor der Tür zu ihren Privaträumen. Sie war nur angelehnt. Licht schimmerte einen Spalt hindurch. Ich stupste das Türblatt mit den Fingerspitzen an und die Tür schwang auf.

Hunderte von Augen betrachteten mich. Starre, unbewegliche, gefühllose Augen.

„Paul, das *musst* du dir ansehen", flüsterte ich in

Richtung des Wartezimmers, aber er stand bereits neben mir. Auch er wirkte vollkommen erstaunt.

Ein Raum ganz in rosa. Sofa, Sessel, Teppich, sogar die Tapete – alles war im gleichen Farbton gehalten. Und unzählige kleine Wesen saßen dort und warteten darauf, dass Frau Dr. Hofmann zu ihnen zurückkehrte. Das Zimmer war mit an die hundert Puppen vollgestellt. Sie saßen, lagen und standen in jeder erdenklichen Pose. Und alle starrten uns wie Eindringlinge an.

Von einem unsichtbaren Band gezogen, traten wir ein. An einer der Wände hing ein ebenfalls rosa eingefärbtes Bild. Es war in einen goldenen Rahmen eingelassen. Junge Schulmädchen mit seltsam unsportlichen Körpern und altmodischen Frisuren blickten uns entgegen.

Aber ich hatte mich getäuscht. Das Bild war nicht rosa, sondern rot, rot wie Blut.

Darunter befand sich ein Regal. Alte Jahrbücher eines Internats standen darin sowie einige Aktenordner, die meine Aufmerksamkeit auf sich lenkten. Ihre Aufschrift lautete: *Suizidversuche.* Darunter waren verschiedene Jahreszahlen aufgedruckt. Sie deckten den Zeitraum der letzten fünf Jahre ab.

Ich hörte einen dumpfen Schlag und als ich mich langsam wie in Zeitlupe umdrehte, sah ich Paul seltsam verrenkt zu Boden sinken. Hinter ihm stand Frau Dr. Hofmann. Sie hielt das Bonbonglas in beiden Händen und lächelte nicht mehr.

42

Wie in Trance schaute ich von Paul auf Frau Dr. Hofmann und dann auf die stark vergrößerte Fotografie an der Wand.

„Ich bin das unscheinbare Mädchen, das in dritter Reihe hinten links steht. Da war ich viel jünger. Sie haben das Klassenfoto sicher bei Heinzes stehen sehen und vermutlich auch bei Familie Kern. Leider haben Sie mich nicht erkannt, habe ich recht?“ Um Frau Dr. Hofmanns Mund hatte sich ein bitterer Zug gelegt.

Ich vermochte nichts zu antworten.

Die Ärztin stellte die Bonboniere ab und fuhr mit den Fingerspitzen ihrer rechten Hand liebkosend über den Bilderrahmen. „Bedauerlicherweise konnte ich mit den Mädchen meiner Jahrgangsstufe nicht das Abitur machen. Ich musste nämlich ein Jahr aussetzen. Ich verliebte mich in einen der Lehrer. Er beteuerte, mich auch zu lieben und versprach mir, mich zu heiraten. Ich dumme Gans schwebte im siebten Himmel. Doch als ich schwanger wurde…“, sie brach ab und ihre Finger krallten sich für einen Moment in das mit Blattgold überzogene Holz. Das Bild wackelte unruhig. Frau Dr. Hofmann atmete tief aus, trat einen Schritt nach hinten und rückte das Foto wieder gerade.

„Als ich schwanger wurde“, fuhr sie fort, „wollte er von seinem Versprechen nichts mehr wissen. Stattdessen hat er mir Geld gegeben, damit ich unser Kind abtreibe. Damit ich es töte, das kleine unschuldige Ding.“

Die Ärztin betrachtete mich eingehend. Ihr Ausdruck wirkte fast entschuldigend. „Ich langweilige dich doch nicht, Anne. Oder? …Nein, jetzt bist du ganz artig und hängst an jedem meiner Worte. …Nun, bei der Abtreibung bin ich damals fast gestorben. Und Gott hat mich bestraft. Ich kann seitdem keine Kinder mehr bekommen. …Du kannst dir vorstellen, zuerst war ich sehr verzweifelt. Aber dann wurde mir klar, ich muss nicht mit meinem Schicksal hadern. …Du siehst ja hier, das sind alles meine Kinder.“ Frau Dr. Hofmann wies mit einer ausladenden Geste zu den regungslosen Puppen, deren tote Augen sich in meine brannten.

Ich dachte an meine Pistole, gab meinem Arm und meiner Hand den Befehl, sie zu ergreifen und aus dem Holster zu ziehen. Ich schaffte es, aber dann verließ mich jede Kraft. Meine Waffe baumelte harmlos zwischen meinen gefühllosen Fingern.

Die Ärztin hatte mich mit leicht schief gelegtem Kopf und glänzenden Augen beobachtet. Sie schien über das, was sie sah, sehr erfreut - wie ein Fan, der einen guten Film zum wiederholten Male sieht und den die immer gleiche Stelle regelrecht entzückt.

„Anne, hör mir zu! …Die anderen Mädchen, die durften ihre Kinder behalten. Sie hatten richtige Kinder. Und stell dir vor, die kamen zu mir in die Praxis. Sie wussten nichts voneinander und die Eltern erinnerten sich nicht mehr daran, dass ich mit ihnen einmal in dem Internat in Neustadt gewesen war. Aber ich…, ich erinnerte mich. Ich erinnerte mich ganz genau."

Frau Dr. Nauman lachte, es klang warm und herzlich. „Jede Nacht sah ich ihre Gesichter vor mir. Jede Nacht dachte ich daran, dass meine früheren Mitschülerinnen erleben dürfen, wie ihre eigenen Kinder heranwachsen. Und dann habe ich beschlossen, dass es an der Zeit ist, dass alle Kinder zusammenkommen." Sie stockte, beugte sich zu mir vor, und was sie mir jetzt mitteilte, flüsterte sie in einem verschwörerischen Ton: „Es gibt einen Ort, wo die toten Kinder leben. Dazu muss man die Kleinen in den Himmel schicken. Aber sie müssen von allen Sünden befreit sein. Sie müssen völlig rein sein, wie es mein Baby war, verstehst du? …Und große Kinder sind manchmal böse. Warst du nicht auch schon einmal böse, Anne?" Sie streckte ihren Kopf vor, bis er nur wenige Zentimeter von meinem Gesicht entfernt war. Ich hatte den Eindruck, sie würde in meine Seele schauen. „Warte einen Moment auf mich. Ich bin gleich zurück."

Die Ärztin verschwand aus meinem Sichtfeld. Es gelang mir kaum, meinen Kopf zu bewegen, um ihr nachzublicken. Ich fühlte mich bleiern schwer und unendlich müde. Als sie wiederkam, hatte sie ein Stück Holz dabei.

„Steck deine Pistole weg", sagte sie beiläufig.

Ich wollte ihr nicht gehorchen. Aber meine Hand

folgte sofort ihrem Befehl. Die Neun-Millimeter wurde in ihren Holster an meinem Rücken verstaut.

„Braves Kind", sagte Frau Dr. Hofmann. Sie reichte mir die Latte, die sie geholt hatte. Lange rostige Nägel waren durch das Brett getrieben und standen krumm und bösartig am anderen Ende heraus.

„Und, Anne", sagte sie. „Hast du es dir überlegt? Du hast doch wirklich zahlreiche Sünden begangen, nicht wahr? Ist deinetwegen nicht auch ein Kind gestorben?"

Ich schaffte es nicht, zu antworten. Mein Gesicht fühlte sich pelzig und ohne jedes Gefühl an. Die Muskeln in meinem Hals gehorchten mir nicht.

Umso deutlicher durchlebte ich erneut meinen letzten Tag als Polizistin.

Ich sah den Entführer vor mir, seine spöttischen Augen, seine Arroganz. Seine Sicherheit, dass ihm niemand und nichts etwas anhaben konnte. Ich spürte meine Verzweiflung und die Gewissheit, dass das verschleppte Kind nicht mehr lange leben würde.

Ich hatte die Plastiktüte für alle Fälle mitgebracht. Ich stülpte sie ihm über den Kopf und sah zu, wie er die letzte Luft aus ihr heraussaugte, wie das durchsichtige Material langsam beschlug, wie es sich auf sein Gesicht legte, seine Augen jetzt weit aufgerissen, blicklos, fast gebrochen. Der Geruch nach Urin und Fäkalien, als er die Gewalt über seinen Schließmuskel verlor. …Und dann, als ich meinen Kopf ganz dicht an sein Gesicht legte, , stammelte er, wie der Hauch einer Brise, leise, die Adresse des Kellers, in dem er das Kind lebendig begraben hatte…

„Du erinnerst dich", sagte Frau Dr. Hofmann. „Du kannst jede Einzelheit vor dir erkennen, nicht wahr?“

Der dreckige, modrige Keller, das Geräusch der Schaufeln, ich auf den Knien, mit den Händen scharrend, in dem, was einmal eine Kohlengrube gewesen war. Und dann der Moment, als meine wunden Finger die Oberfläche der Kiste erstmals berührten. Das Knarren, als ich den Deckel zur Seite schob. Das Gesicht des Kindes, weiß wie Schnee, die Augen geschlossen, als würde es schlafen. Der Mund schlaff. Seine blutigen Hände, mit denen er versucht hatte, den Deckel über sich aufzureißen, zerbrochen und zerstört auf seiner Brust.

„Es ist nicht schön, ein totes Kind zu sehen, nicht wahr?“, sagte Frau Dr. Hofmann mit Tränen der Rührung in den Augen. „Wenn man ein Kind auf dem Gewissen hat, muss man sich bestrafen. Man muss sühnen. Sonst kann man seine Seele nicht retten. Du weißt, was du jetzt tun musst?“

Mein Körper gehorchte nicht mehr mir, sondern ihr. Wie von selbst legte sich meine linke Hand auf die angefeilten Spitzen der Nägel. Und meine rechte Hand übte Druck aus. Enormen Druck.

Neugierig beobachtete ich die scharf gefeilten Spitzen auf meinem Handrücken wieder zutage treten. Blut quoll heraus und tropfte auf den Boden. Das Geräusch war überlaut. Es tropfte in meine Gedanken, es tropfte in mein Herz.

„Bravo“, sagte Frau Dr. Hofmann. „Das war doch gar nicht so schwer. …Und weißt du warum? Ich habe dir geholfen. In dem Tee – Scopolamin. Gerade die richtige Dosis, dass du nicht stirbst. Exakt so viel, dass du das tust, was ich dir sage und was für dich das Beste ist. …Nur schade, dass dein hübscher Freund hier seinen Tee weggeschüttet hat. Er wird zwar auch sterben, genau wie du, aber er wird nicht dahin kommen, wo die toten Kinder leben. Nein! …Denn er hat ja nicht gesühnt. Und er hat viel zu sühnen." Ihre Miene verdunkelte sich. Ärger und unverhohlene Wut sprachen aus ihr.

„Er ist ein Priester, aber er hat unreine Gedanken, wenn er dich ansieht. Er ist ganz verrückt nach dir. Aber das darf nicht sein. Trotz all dem habe ich ihm eine Chance gegeben." Die Ärztin seufzte bedauernd. „Er hat sie nicht genutzt. Jetzt kommt er dahin, wohin auch der einzige Mann gekommen ist, der mich jemals anfassen durfte. Der Mann, der mein Kind nicht wollte. …Aber das siehst du ja sicher ein. *Den* durfte ich auf keinen Fall zu den toten Kindern lassen."

Sie drehte sich von mir ab, packte Paul am Kragen und begann, ihn aus dem Wohnzimmer in Richtung Garten zu schleifen. Auf halbem Wege hielt sie inne und sah mich über die Schulter hinweg an. „Na, was stehst du da so rum? Komm einfach mit und hilf mir. Gemeinsam schaffen wir das spielend!"

Meine Beine bewegten sich und ich wankte unbeholfen vorwärts. Ich hatte wenig Halt und fast keinen Gleichgewichtssinn. Aber bald war ich neben ihr, bückte mich und ergriff ebenfalls die Jacke von Paul. Gemeinsam schleppten wir ihn zur Terrassentür. Frau Dr. Hofmann öffnete sie. Dann zerrten wir ihn quer über den Rasen, bis wir bei einem hölzernen Gartenhaus ankamen.

Die Ärztin ließ Paul los und richtete sich auf. „Puh, das wäre geschafft!" Sie klopfte mir anerkennend auf den Rücken. „Heute zeige ich dir meine Werkstatt. Nur Auserwählte dürfen sie sehen."

Sie öffnete eine bodentiefe Glastür, schnippte mit

den Fingern und gemeinsam brachten wir Paul ins Innere der Hütte.

„Sieh dich um, Anne! Das hier ist mein Atelier."

Mehrere Baumstämme, circa einen Meter hoch, standen im hinteren Teil des Raums. Ihre nackten Äste ragten grotesk verzerrt in die Höhe. Sie griffen in den Himmel.

„Für jedes Kind, das ich zu meinem Baby schicke, stelle ich eines der Monumente auf. Und jedes Mal, wenn ich an ihnen vorbeigehe, weiß ich, dass mein armes Kleines dort, wo es jetzt lebt, nicht alleine ist. Das gibt mir Trost. Unendlich viel Trost."

Paul begann zu stöhnen.

Die Ärztin betrachtete ihn mitleidig. „Der arme kleine Priester. Jetzt quält er sich doch. Das können wir nicht zulassen, nicht wahr?"

Gegen meinen Willen nickte ich.

„Weißt du, was du jetzt tun musst, Anne?"

Ich sah sie an.

„Du nimmst jetzt deine schreckliche große Pistole heraus und schießt ihm eine Kugel mitten in sein Herz. Wir wollen ja nicht, dass er unnötig leidet."

Mein Kopf bewegte sich von oben nach unten. Ich nickte. Meine Hand fand den Gummigriff meiner Neun-Millimeter, ich brachte die Waffe nach vorne, sah über ihren Lauf und dahinter das Gesicht von Paul. Wieder drang ein Krächzen aus seiner Brust. Er kämpfte gegen die Ohnmacht an.

„Worauf wartest du, Anne? Wenn du ihn dorthin geschickt hast, wo er hingehört, kannst du dich selbst erlösen. Dann hören all dein Schmerz, all deine Zweifel, all das Hässliche in deinem Leben mit einem Schlag auf. Dann bist du bei meinen Kindern. Und bei dem kleinen Jungen, von dem ich erfahren habe, und dem du nicht geholfen hast. Dann bist du wirklich frei und glücklich! Das willst du doch?"

Mein Kopf nickte erneut.

Mit dem Daumen schob ich den Sicherungshebel hinunter, ich visierte Pauls Brustkorb an, mein Finger krümmte sich um den Abzug.

Kein Schuss löste sich.

„Was ist los?", fragte die Stimme von Frau Dr. Hofmann. „Anne! Du musst mir gehorchen!"

Es war unendlich schwer. Die Worte waren mir vollkommen fremd. Ich brauchte eine übermenschliche Kraft dazu, die Töne zu bilden, die Silben zusammenzusetzen.

„Ich. Kann. Nicht", hörte ich jemanden sagen und wie durch einen dunklen samtenen Schleier wusste ich im letzten Rest meiner Persönlichkeit, der mir verblieben war, dass ich die Worte ausgesprochen hatte.

„Nein? Kannst du nicht?" antwortete mir die Ärztin. „Warum?"

Ich wusste den Grund. Ich öffnete die Tür von meinem Appartement und Paul stand davor. Seine dunklen Haare, seine graublauen gefühlvollen Augen, sein prüfender Blick. Ich versorgte die Würgemale an seinem Hals. Wir standen nah beieinander, ich spürte die Wärme seiner Haut, während ich ihm wie unabsichtlich über den Nacken strich. Seine Antwort, die in Sekundenbruchteilen über sein Gesicht huschte.

Er war der Mann, auf den ich mein ganzes Leben gewartet hatte.

„So ist das also", sagte die Ärztin. „Du siehst, was die Liebe aus dir macht. Sie macht dein ganzes Leben kaputt. Und jetzt, jetzt kommst du auch nicht mehr dorthin, wo all die unschuldigen und reinen Seelen leben. Du wirst die toten Kinder nie wieder sehen.

Was für eine Tragödie.“ Sie verstummte.

Zeit verstrich.

„Aber“, fügte sie schließlich hinzu, „Sterben werdet ihr trotzdem. Wie die bösen und unreinen Menschen, die ihr seid. Brennen werdet ihr und heulend und schreiend dorthin fahren, wo euch kein Strahl des ewigen Glücks jemals finden wird!

Ich hingegen, ich werde fortfahren, meine Mission zu erfüllen. Meine göttliche Mission! …Bedauerlich ist nur, dass sie Professor Satorius nicht verstanden hat. Dabei hatte ich so große Erwartungen an ihn als hochgebildeten Menschen. Ich erzählte ihm von dem ersten toten Pärchen, um ihn darauf aufmerksam zu machen, dass es sich um weit mehr als um einen Suizid handelt. Aber der Professor, er hat meinen Plan nicht verstanden.“

Die Ärztin lächelte wehmütig und strich sich ihr Haar aus der Stirn. Ihre Gesichtszüge wurden hart. „Nun ja. Egal. Um ihn kümmere ich mich auch noch. …Ich habe noch so viel vor. Auf mich warten noch etliche Kinder, die darauf bauen, von mir gereinigt und erlöst zu werden. Ich darf sie nicht noch länger enttäuschen. Denn ich habe sie in letzter Zeit sträflich vernachlässigt. Ständig musste ich aufpassen und euch zuvorkommen - ihr habt mich sogar gezwungen, in der Psychiatrie einzubrechen. …Und Vivian, die arme Vivian! Sie war noch nicht so weit. Aber ihr konntet es ja nicht lassen, eure Nachforschungen auf Cornelias Freunde auszudehnen. Euretwegen musste ich die Dinge beschleunigen. …Und nun siehst du, wozu das geführt hat. Vivian ist noch am Leben. Es wird jetzt viel schwerer werden, ihr das zu geben, was sie braucht. …Ihr habt mich genug gestört und behindert. Damit ist jetzt Schluss.“

Sie ging rückwärts von mir weg und ich hörte, wie sie die Tür von außen verschloss. Ich hatte keine Kraft mehr. Ich sank zu Boden, fiel zur Seite und blickte in das Gesicht von Paul. Seine Augen waren geschlossen. Er atmete rasselnd. Blut hatte sich unter seiner Wange gebildet. Es sickerte aus seiner Kopfwunde.

Durch die gläsernen Sprossenfenster konnte ich die Ärztin sehen. Sie hielt einen großen silbernen Kanister in der Hand und bespritzte mit seinem farblosen Inhalt ausgiebig die Holzwände und die Scheiben. Der leere Behälter fiel achtlos zu Boden. Sie winkte mir zu, trat einen Schritt zurück und in ihrer Hand erschien ein gelbes Leuchten. Sie warf das brennende Streichholz an die Scheibe. Sofort züngelten Flammen empor. Es knackte und prasselte, als sich das Feuer zögerlich in das Holz fraß.

„*Diethylether – hochentzündlich, aber unschlagbar bei der Behandlung von Holz*“, wiederholte ich Frau Dr. Hofmanns Worte für den bewusstlosen Paul.

Die Ärztin wirkte entspannt und gelassen. Fasziniert betrachtete sie das Werk der Zerstörung, das sie anrichtete. Erster Rauch zog durch die Spalten, sammelte sich zunächst auf dem Boden in einer Ecke und kroch schwerfällig auf mich und Paul zu.

Der Qualm veränderte sich. Er wurde dunkler, schwarz, die Flammen bildeten sich zurück.

Ich sah die Ärztin wütend den Kopf schütteln. Dann verschwand sie aus meinem Blickfeld.

Sehr schnell war sie wieder da. Sie schleppte mehrere dieser Kanister heran und stapelte sie vor der Tür. Das Feuer war fast zum Erlöschen gekommen, der Rauch nahezu verschwunden.

Sie öffnete einen neuen Kanister und schüttete dessen Inhalt zunächst über die anderen Behältnisse und dann mit energischer Geste auf die Außenwände und Fenster der Hütte.

Etwas wie ein Blitz zuckte auf, eine Feuerlanze schoss von der Wand des Gartenhauses auf sie zu, kroch in den Kanister und explodierte in einem roten Sonnenrad.

Ich wurde geblendet, meine Lider schlossen sich reflexartig und als ich sie wieder öffnete, sah ich die Ärztin ähnlich einer brennenden Fackel vor dem Fenster hin und her rennen. Sie kam ganz dicht an die Hütte heran, schlug mit den Fäusten gegen das Glas. Die Flammen fraßen sich lodernd an ihr empor.

Wieder gab es einen Knall, als die restlichen Kanister explodierten. Das Fenster zerbarst, Scherben regneten. Die Ärztin wurde wie von einer unsichtbaren Faust weggeschleudert. Übrig blieben die Flammen. Sie prasselten gefräßig und hemmungslos auf dem trockenen Holz der Hütte.

Ein Teil der Decke stürzte ein.

Ich wusste, es würde nicht mehr lange dauern, bis die Feuerlanzen uns erreichten. Und ich wusste auch, dass ich meinen Tod nicht sonderlich spüren würde. Aber Paul. Die alles verschlingenden Flammen würden ihn zu Bewusstsein bringen, bevor sie ihn langsam, aber unendlich qualvoll in den Tod hinüberreißen würden.

Das durfte ich nicht zulassen. Nicht schon wieder sollte ein Mensch meinetwegen leiden.

Die Hand mit meiner Pistole hob sich wie von selbst. Ihr Lauf zeigte auf Pauls Stirn. Diesmal krümmte sich mein Finger vollständig.

Der Schuss dröhnte überlaut.

43

Dunkelblauer Himmel.

Nicht die Spur einer Wolke.

Helligkeit, die in meinen Augen brennt.

Das Gesicht von Paul. Nachdenklich und prüfend.

„Nein“, sagt er und fügt hinzu: „Du bist nicht gestorben.“

Ich versuche zu reden, schaffe nur ein heiseres Lallen.

Paul lächelt. An seiner Wange klebt getrocknetes Blut. „Ich habe dich aus der brennenden Hütte gezogen.“

Seine Hand, übergroß, streicht fürsorglich Haare aus meiner Stirn. „Das hast du gut gemacht.“

Das Echo seiner Stimme hallt durch meinen Kopf.

„Dein Schuss hat mich nur leicht gestreift. Genug, dass mich der beißende Schmerz geweckt hat. Wirklich genial von dir.“

Das Lächeln auf Pauls Gesicht verändert sich. Seine Augen werden fragend. „Du hast doch absichtlich halb danebengeschossen, oder?“

Bonusmaterial

Die Tränen der toten Nonne -
Der zweite Fall für Steinbach und Wagner

Klappentext

Eine angehende Nonne wird auf bestialische Weise ermordet. Die Umstände ihres Todes deuten darauf hin, dass sie kein Zufallsopfer war.
Ex-Polizistin Anne Steinbach und der Priester Paul Wagner werden von der Kirche mit dem Fall beauftragt. War die Tote tatsächlich eine Heilige, wie alle behaupten? Oder führte sie ein Doppelleben?

Trotz privater Probleme und der zunehmend drängenden Frage nach ihrer Beziehung zueinander, lassen Anne und Paul nichts unversucht, um den Schuldigen zu identifizieren.
Lange tappen sie im Dunkeln. Zu lange. Denn als sie beginnen, die Zusammenhänge zu erahnen, stehen sie schon längst im todbringenden Visier des skrupellosen Täters, dem jedes Mittel recht ist, um unerkannt zu bleiben.

Leseprobe

1

Nicole Schneider war eine dieser Frauen, die kein Makeup benötigen. Mit einer Spur von Scheu, ihr Blick leicht fragend, lächelte sie mir entgegen. Dunkle Augen, leuchtend vor Lebensfreude, darüber fein geschwungene Brauen. Dichte Wimpern. Helle Haut, wie aus Porzellan, umrahmt von beinahe schon asiatisch anmutendem, glattem Haar.

Nicole Schneider strahlte natürliche Schönheit aus.

Ich legte ihr Foto beiseite und presste den Knopf des Abspielgerätes. Aus dem Lautsprecher ertönte zuerst ein Knacken, gefolgt von einem leisen Räuspern. Dann begann die sonore Stimme zu sprechen. Metallen hallte sie durch den Raum – sachlich und emotionslos.

Multiple Frakturen des Jochbeins.

Ich wandte mich Nicole zu, die vor mir lag. Jemand hatte sie mehrere Male geschlagen. Mit derartiger Kraft, dass die Backenknochen gesplittert waren. Dunkelrote Blutergüsse gaben Zeugnis davon, wo die Fäuste ihr Gesicht getroffen hatten. Wieder und wieder mussten die Schläge auf sie eingeprasselt sein. Das Fleisch war eingerissen und hatte offene Wunden entstehen lassen.

Der Kiefer befand sich nicht mehr an seinem Platz. Auf der Ablage neben dem kalt glänzenden Autopsietisch aus Stahl stand ein Glas mit einigen Zähnen – abgebrochen, ihre Stümpfe ein rostiges Rotbraun.

Nicoles linkes Auge schien halb geöffnet. Die Schwellung war selbst im Tode nicht zurückgegangen. Verstohlen lugte es durch die Wimpern, jedoch nicht mehr voller Leben, sondern matt und gebrochen, ohne jede Chance, jemals wieder zu sehen. Feuchtigkeit hatte sich gebildet und perlte in einem einzelnen Tropfen heraus. *Nicoles letzte Träne* – schoss es mir durch den Sinn.

Erneut betrachtete ich ihr Foto, um es mit dem zu vergleichen, was sich mir jetzt darbot. Ich konzentrierte mich auf ihr Gesicht - oder besser gesagt, auf die zermalmte Masse, die einmal ihr Gesicht gewesen war. Der Täter hatte eine unbändige Wut an ihr ausgelassen.

Multiple Stiche im Sternum – meldete sich die Stimme des Pathologen aus dem Lautsprecher zu Wort.

Der Mörder hatte ein Messer benutzt. Mit den Fingerspitzen meiner behandschuhten Rechten fuhr ich über das kalte Fleisch des Leichnams: sechs, …sieben, …zehn klaffende Wunden allein im Brustbereich.

Meine Hand rutschte etwas tiefer, um das Tuch beiseite zu schieben, welches Nicole bedeckte.

Stich- und Rissverletzungen im Unterleib.

Ich zählte insgesamt sechs Stiche und rund ein Dutzend Schnitte. Man hatte ihr ein Messer in den Leib gerammt und die Klinge dann nach links und rechts weggezogen. Sie musste furchtbare Schmerzen erlitten haben.

Vaginale und anale Verletzungen, Spermaspuren.

Der jungen Frau war nichts erspart geblieben.

Ich betrachtete ihre Arme, sah die dunklen Flecken, die der unbarmherzige Griff des Täters bei ihr hinterlassen hatte. Überall am Körper konnte ich Schwellungen erkennen, die von Hieben und Schlägen stammen mussten. Der Hass, die sich hier entladen hatte, war zu grenzenlosen Ausmaßen eskaliert.

Hinzu kamen die Spuren durch die Arbeit des Pathologen.

Keinerlei Anzeichen von Drogen- oder Alkoholmissbrauch. Keine Medikamente, keine Fremdstoffe in den Blut- und Gewebeproben nachweisbar.

Mit meinem Fuß angelte ich mir einen der Plastikstühle, die sich im Raum befanden und setzte mich. Die Luft im Obduktionsraum stank nach Formaldehyd und Antiseptika. Es war kalt, knapp unter neunzehn Grad, und mir fröstelte.

Ich ergriff die Hand der Toten. Langsam hob ich sie empor und hielt sie fest, doch es gelang mir nicht, ihr Wärme zu spenden und die Kälte des Todes zurückzudrängen.

Behutsam legte ich Nicoles Arm zurück, stand auf und beugte mich zu ihr herunter, bis sich mein Gesicht ganz nah an ihrem Kopf befand. Meine Stimme war ein kaum hörbares Flüstern. „Es tut mir so furchtbar leid, was dir passiert ist und ich kann es nicht ungeschehen machen. Aber ich verspreche dir: der Kerl, der dir das angetan hat, wird bezahlen.“

In gebückter Haltung verharrte ich einen Augenblick neben ihr, sah dabei deutlich ihre von der Reinigungspaste verklebten Haare, bevor ich mich entschlossen aufrichtete.

Der Körper vor mir stellte keinen Menschen mehr dar. Nicole Schneider war schon lange fort.

Es wurde Zeit, dass ich mich an die Arbeit machte.

2

Die Frühmesse wurde nur von wenigen Gläubigen besucht. Draußen, auf der anderen Seite der bunten Glasscheiben, herrschte noch Dunkelheit. Die Deckenbeleuchtung in der Kirche war eingeschaltet und gaukelte ein warmes Licht und wohlige Atmosphäre vor. Aber mir war kalt.

Ich knöpfte mir die Lederjacke bis zum Kinn zu und drückte mich von der eisigen Marmorsäule weg, an die ich mich gelehnt hatte.

Jetzt hatte ich einen besseren Blick auf den Altar. Ein junger Priester zelebrierte dort die Messe. Er hatte nur einen Messdiener und er sah in seinem weißen Talar und der goldbestickten Stola gar nicht einmal so schlecht aus. Seine Stimme klang sympathisch durch den Raum, und ihr Ton wurde durch die hohen Wände noch verstärkt.

Als er sich anschickte, den Segen zu spenden, knieten sich alle in der Kirche nieder und senkten ihr Haupt.

Ich blieb stehen.

Der Priester verließ den Altar, nachdem er sich ein letztes Mal in Richtung des Kreuzes verbeugt hatte, und schritt durch das Kirchenschiff auf den Ausgang zu. Sein Weg führte ihn direkt an mir vorbei. Als er nur einige Schritte von mir entfernt war, blieb er stehen. Zuerst wirkte er überrascht, fast erschrocken. Dann breitete sich ein freundliches Lächeln auf seinem Gesicht aus. „Wenn das keine Überraschung ist...!"

„Hallo, Paul", sagte ich.

„Anne!", antwortete er. „Der Herr wird sich freuen", und er wies nach hinten auf das Kreuz, „wenn er dich in seiner Kirche sieht."

„Du weißt Paul, das ist nichts Persönliches, aber ich glaube nicht an ihn."

Das Lächeln auf Pauls Gesicht wurde eine Nuance stärker. „Nun, das macht im Prinzip auch nichts. Denn er glaubt an dich."

Diesmal lächelte ich mit ihm. Ich konnte nicht anders.

Die Kirchenbesucher schlängelten sich an uns vorbei, beäugten mich argwöhnisch, bevor sie sich von Paul verabschiedeten. Einige blieben zurück, knieten in den langen Bänken, ihre Hände gefaltet, in ein stummes Gebet vertieft.

„Wir müssen uns unterhalten", sagte ich.

„Ja", antwortete er, „das denke ich auch. Du kommst nicht ohne Grund in die Kirche – das tut übrigens niemand. Aber hier ist nicht der richtige Ort für unser Gespräch." Er bewegte seinen Kopf in Richtung Nebeneingang. „Komm doch mit in die Sakristei."

Ohne meine Reaktion abzuwarten, schritt er voran, öffnete eine reich verzierte Tür und ich folgte ihm in einen spartanisch eingerichteten Raum. Ein Schrank stand darin, er war offen. Auf einigen Bügeln hingen bunte Gewänder.

„Das ist wirklich eine Freude, dich hier zu sehen", sagte Paul.

Ich schnitt eine Grimasse. „Es war ganz interessant, dich mal …*in Aktion* zu erleben."

„Und wie mache ich mich?"

„Du bist der geborene Showman!"

Paul lachte trocken auf. „Na, von dir ist das fast schon ein Kompliment."

Er nahm sich die Stola ab, schlüpfte aus seinem Talar und hängte beides sorgfältig über einen Bügel. Darunter trug er eine dunkle Stoffhose und das obligatorische schwarze Hemd. Er schloss den Schrank, fingerte sich ein dunkles Jackett von einem Stuhl und zog es sich über. Jetzt sah er wieder so aus, wie früher. …Na ja, fast. Er war noch etwas blass.

„Wie geht es deiner Wunde?", fragte ich.

Paul zuckte die Achseln. „Schon besser. Eigentlich spüre ich sie nur noch, wenn ich lache. Und wie ist es bei dir?"

Ich hob meine Linke und hielt ihm den Handrücken entgegen. Sieben rote Punkte zeigten an, wo die Nägel durch mein Fleisch gedrungen waren. „Ich kann meine Hand wieder nahezu vollständig bewegen. Die Finger sind noch ein wenig steif, aber das wird schon."

„Gut", meinte er. „Und? Was führt dich hierher?"

„Es hat einen Mord gegeben."

„Ach ja? Das ist schrecklich und ich hoffe, dass man den Täter findet, um ihn der gerechten Strafe zuzuführen."

„Das wird man garantiert", sagte ich, und mein Tonfall ließ Paul aufhorchen. Er sprach nicht weiter, sondern sah mich abwartend an.

„Es ist eine Nonne", konkretisierte ich.

„Eine Nonne?"

„Nun, keine richtige Nonne. Sie wollte Nonne werden."

„Ach, du meinst eine Novizin?"

„Noch nicht ganz. Aber eine Frau, die eine Ordensschwester werden wollte. …Sie wollte ein Jahr Abstand vom Kloster haben, um sicherzugehen, dass sie sich für immer verpflichten will."

Paul runzelte die Stirn. „Ihr Gelübde ablegen, nicht verpflichten", korrigierte er mich.

„Wie auch immer", meinte ich und unterstrich meine Worte mit einer Geste, die Gleichgültigkeit und Ungeduld ausdrückte. „Sie wohnte also nicht im Kloster, sondern lebte ein ganz normales Leben und in circa einem Monat beabsichtigte sie, als Novizin zurückkehren."

„Und?"

„Sie ist vor fünf Tagen ermordet worden."

Paul atmete aus, griff an die Lehne des Stuhls und hielt sich daran fest - ganz so, als würde er Unterstützung brauchen. „Was hat das mit mir zu tun?"

„Nun, …Prälat Ott hat mich angerufen und sich erkundigt, ob ich mit dir gemeinsam in dem Fall ermitteln möchte."

Paul schüttelte den Kopf, zögerte mit seiner Antwort und meinte schließlich: „Ich weiß nicht, ob das eine gute Idee ist."

„Das habe ich mir schon gedacht." Ich langte in meine Jackentasche und zog einen Brief heraus. „Der hier ist für dich."

„Von wem?"

„Von Prälat Ott."

Paul zögerte, bevor er das Schriftstück nahm. Er riss das Siegel auf, faltete das Papier auseinander und las es.

Als er fertig war, ließ er seine Hände sinken und spielte gedankenverloren mit dem Dokument. „Du hast ihm gesagt, dass du ohne mich nicht arbeiten wirst?"

Meine Antwort kam prompt. Sie ging mir leicht über die Lippen. Ich hatte sie mir zurechtgelegt und im Geiste so oft wiederholt, dass ich mittlerweile beinahe selbst daran glaubte. Ich sagte: „Ich habe keinerlei Beziehungen zur Kirche. Und wie es aussieht, werden wir auch in deren näherem Umfeld ermitteln müssen."

Paul biss sich auf die Lippen. „Das sehe ich auch so", sagte er schließlich.

„Und?", fragte ich. „Hast du dich entschieden? Wirst du mir helfen?"

Er sah mich direkt an und seine Augen rissen für einen Moment den Schutzwall entzwei, den ich vor mir aufgebaut hatte. Unvermittelt fühlte ich mich verletzlich und angreifbar.

„Natürlich werde ich dir zur Seite stehen. So wie Prälat Ott hier schreibt, habe ich soeben Urlaub für drei Wochen bekommen und es ist sogar schon ein Vertreter für mich bestimmt worden."

„Dann können wir beginnen", sagte ich und eine Welle der Vorfreude durchströmte mich. Ich lächelte.

Paul rührte sich nicht vom Fleck.

„Worauf wartest du?", fragte ich.

„Ich halte es aber insgesamt nicht für eine gute Idee", beharrte er.

„Was?"

„Dass wir wieder zusammenarbeiten."

Schlagartig verließ mich jede Art von Fröhlichkeit. Meine nächsten Worte sprach ich so hastig, dass ich mich beinahe verhaspelte: „Ich werde besser aufpassen. Das letzte Mal war ich noch nicht ganz auf der Höhe. Ich werde mich nicht mehr so kalt erwischen lassen. Das verspreche ich dir.“

„In Ordnung“, sagte Paul. „Aber das habe ich eigentlich nicht gemeint.“

Weitere Bücher von Roxann Hill

Für ein Ende der Ewigkeit
- Band 1 der Lilith-Saga

Klappentext

Als sich die unter Amnesie leidende Lilith nahezu gleichzeitig in Asmodeo und Johannes verliebt, ahnt sie nicht, dass sie damit eine nicht aufzuhaltende Welle von Ereignissen in Gang setzt, die sie in akute Lebensgefahr bringen. Denn nicht nur die beiden rivalisierenden Männer hüten ein dunkles Geheimnis, sondern es gibt auch einen Grund, warum sich Lilith nicht an ihr früheres Leben erinnern kann.
Zu spät erkennt Lilith, dass eine unvorstellbar böse Macht nur darauf gelauert hat, ihre Spur wieder aufzunehmen.

Eine andere Art von Ewigkeit - Band 2 der Lilith-Saga

Klappentext

Ein Hass, so tief, dass er Jahrhunderte überdauert.
Das Böse – lockend, unwiderstehlich.
Lilith.
Wie groß muss ein Opfer sein, um die Liebe zu retten?
Manchmal liegt die Antwort im Tod.

Lilith, Asmodeo und der schwerverletzte Johannes sind ihren Verfolgern entkommen. Doch die Gefahr ist noch lange nicht vorüber, denn der Rabe hat Rache geschworen. Er will nicht nur Lilith zerstören, sondern auch diejenigen, die sie liebt. Und er wird alles tun, um sein Ziel zu erreichen.

Im Abgrund der Ewigkeit - Band 3 der Lilith-Saga

Klappentext

„Der Tod ist das Ende. Nichts bleibt – sagt man. Auch ich habe einst so gedacht. Aber jetzt…, jetzt weiß ich es besser. Denn ich bin dort, in der Zwischenwelt, die nicht nur die Lebenden von den Toten trennt, sondern auch Gut von Böse. Der Tod ist nicht das Ende. Der Tod ist der Anfang. Alles überdauert. Der Hass, aber auch die Liebe. Und wenn ich versage, wenn es mir nicht gelingt, den Weg aus diesem Abgrund der Ewigkeit zu finden, sind wir alle verloren.“
- Lilith Stolzen.

Lilith, Johannes und Asmodeo haben Samaels Pläne vereitelt und die Dämonenwelt zurückgedrängt. Doch zu welchem Preis? Fassungslos steht Asmodeo vor den zerstörten Körpern von Lilith und Johannes. In einem Wettlauf gegen die Zeit setzt er alles daran, um ihre Seelen zurückzuholen. Denn das Böse schläft nicht. Es hat längst seine Fänge nach Lilith und Johannes ausgestreckt, um sie für immer ins Verderben zu reißen.

DIE AUTORIN

Roxann Hill ist das Pseudonym einer deutschen Autorin.

Leben:

Roxann Hill wurde in Brünn/Tschechien geboren. Während des Prager Frühlings flüchtete sie - damals ein kleines Mädchen - mit ihren Eltern nach Deutschland/Mittelfranken, wo sie aufwuchs und auch heute noch lebt.

Die Bücher:

Roxann Hill schreibt Romane, die sie selbst gerne lesen würde: romantisch, phantastisch, Urban Fantasy, Krimi/Thriller. Vitales Zentrum ihrer Romane ist und bleibt aber immer die Liebesgeschichte.

Bisher erschienen:

- Für ein Ende der Ewigkeit: Lilith-Saga 1 (Juli 2012)
- Eine andere Art von Ewigkeit: Lilith-Saga 2 (August 2012)
- Zwei Wünsche zu Weihnachten (Dezember 2012)
- Wo die toten Kinder leben: Steinbach und Wagner: 1 (März 2013)

- Im Abgrund der Ewigkeit: Lilith-Saga 3 (August 2013)
- Die Tränen der toten Nonne: Steinbach und Wagner: 2 (Oktober 2013)

Roxann Hill arbeitet derzeit am vierten Band ihrer Lilith-Saga *Vor der Ewigkeit.*
Eine Fortsetzung mit dem Ermittlerduo Anne Steinbach und Paul Wagner ist in Planung.

Besuchen Sie Roxann Hill auf ihrem Blog, www.roxannhill.blogspot.de, oder folgen Sie ihr auf Facebook (Roxann.hill.autorin), Google + (Roxann Hill) und Twitter: @Roxann_Hill .

3378821R00157

Printed in Germany
by Amazon Distribution
GmbH, Leipzig